KB116710

준비한 마음이 모두 소진되어
오늘은 이만 쉽니다

준비한 마음이 모두 소진되어
오늘은 이만 쉽니다

1판 1쇄 인쇄 2020. 9. 3.
1판 1쇄 발행 2020. 9. 10.

지은이 홍환

발행인 고세규
편집 김민경 디자인 조은아 마케팅 김새로미 홍보 김하은

발행처 김영사
등록 1979년 5월 17일(제406-2003-036호)
주소 경기도 파주시 문발로 197(문발동) 우편번호 10881
전화 마케팅부 031)955-3100, 편집부 031)955-3200 | 팩스 031)955-3111

값은 뒤표지에 있습니다.
ISBN 978-89-349-8977-6 03810

홈페이지 www.gimmyoung.com   블로그 blog.naver.com/gybook
페이스북 facebook.com/gybooks   이메일 bestbook@gimmyoung.com

좋은 독자가 좋은 책을 만듭니다.
김영사는 독자 여러분의 의견에 항상 귀 기울이고 있습니다.

이 도서의 국립중앙도서관 출판예정도서목록(CIP)은 서지정보유통지원시스템 홈페이지
(http://seoji.nl.go.kr)와 국가자료공동목록시스템(http://www.nl.go.kr/kolisnet)에서
이용하실 수 있습니다. (CIP제어번호 : CIP2020036258)

준비한 마음이 모두 소진되어
오늘은 이만 쉽니다

김영사

시작하며

해가 짧아져 갑작스레 캄캄한 밤,
마른 나무껍질 냄새가 섞인
황량한 바람이 부는 계절이 찾아올 때마다
내가 좋아하는 사람들이
마음을 다치는 일이 없기를 기도한다.

2020년, 초가을

홍환

목차

2부 꿈은 없고요, 그냥 놀고 싶습니다

3부 오늘은, 내 편이 필요해

4부 잊지 마, 우리는 꽤 근사한 사람들

일러두기 집필 의도에 따라 일부 문장은
저자의 표현 방식 그대로 표기하였습니다.

1부

나도 알아,
내가 별로라는 거

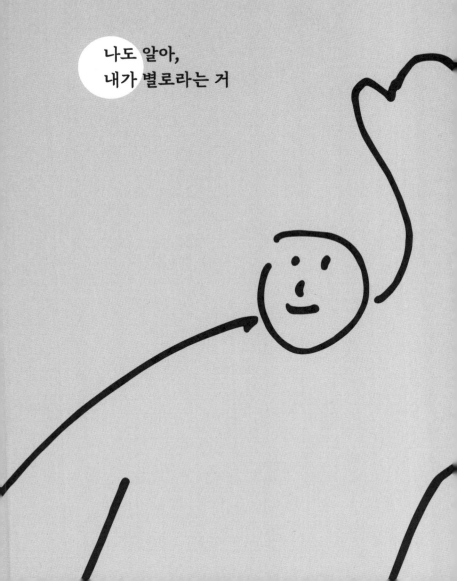

특별하지 않은 자신을
인정하지 않겠다는 자세가
마음의 재앙을 불러온다.

삐친 거 아니거든요

게임 시나리오 직군 종사자의 중요한 덕목 중에 '수동적인 공격성' 드러내지 않기가 있다. 개발 우선순위가 계속 뒤로 밀리거나, 개발 지원을 거의 못 받거나, 외부의 사정 때문에 납득하기 어려운 반복적인 수정이 너무 자주 일어나면 중요하지 않은 인력으로 취급당하고 있다는 기분을 느끼며 이런 태세를 드러내기 쉽다.

리소스 제작 회의 중에 "뭐 어차피 제 의견은 무시될 테니 그냥 알아서 결정한 뒤 알려주세요ㅋ" 같은 태도를 예로 들 수 있는데, 이런 태도는 본인에게도 개발팀에게도 해로운 결과를 초래할 확률이 높다. 적어도 내 경험에 비추어봤을 때 이런 태도는 나쁜 결과로 이어지지 않았던 적이 단 한 번도 없었다. 감정이 상하는 것까지야 어쩔 수 없는 영역이지만, 그것을 이런 형태의 공격성으로 드러내지 않는 것이 좋다.

이 수동적인 공격성은 '삐쳤다'라는 말로 표현되기도
한다.

마음의 균형

'어중간한 재능은 저주'라는 말에
몹시 공감하며, 때로 마음이 고통스러워질 때마다
'하지만 이 어중간한 것이라도 없었으면
틀림없이 굶어 죽었겠지' 하는
생각으로 마음의 균형을 맞춘다.

머나먼 출근길

오늘 출근길 버스에서 세상 시름을 모두 다 잊고 곤히 자다가 갈아타야 하는 지하철역에 도착했다는 안내방송을 듣고 허겁지겁 일어나 내렸다. 그런데 내려보니 지하철역이 아니라 한 정거장 앞이었다. 내가 잠결에 방송을 잘못 들었거나 안내방송이 잘못 나온 것 같았다. 일단 출근은 해야 하니 지도 어플을 켜서 지하철역 위치를 확인해보았다. 하지만 지하철역은 한 정거장치고는 상당히 먼 거리에 떨어져 있었고, 가는 길에 건널목을 무려 세 번이나 건너야 했다.

아침부터 땀을 뻘뻘 흘리며 걸을 걸 생각하니 입에서 탄식이 새어 나왔다. 그 순간 누군가 말을 걸어왔다. 돌아보니 마흔은 훌쩍 넘어 보이는 아저씨 한 분이 몹시 곤란한 표정으로 지하철역이 어느 방향이냐고 물어보았다. 아무래도 나와 같은 처지 같았다. 거리가 멀긴 하지만 대로를 따라 직진으로 걷기만 하면 되는 길이라 나는 그냥 이 길로 쭉 가시면 된다고 대답한 후 먼저 성큼성큼 걸어서 앞서갔다.

그리고 첫 번째 신호등에서 빨간불에 걸려 서 있는데, 조금 전 그 아저씨가 다시 내게 다가와 지하철역 방향을 물어보셨다. 아무래도 조금 전에 물어봤던 사람이랑 내가 동일 인물이라는 걸 눈치채지 못하고 있는 것 같았다. '조금 전 그 녀석이 아무래도 길을 잘못 가르쳐준 것 같은 느낌인데… 그래! 이 사람한테 새로 물어봐야겠어!' 하는 분위기였다. 사실을 밝히면 서로 민망한 상황일 듯하여 나도 일부러 처음 알려주는 것같이 "아하~ 지하철역요?" 하면서 경쾌한 리액션을 넣으며 직진하시면 된다고 알려드렸다.

그리고 또 속보로 먼저 나아가다가 신호등에 걸렸다. 그런데 아까 그 아저씨가 또 다가오셔서는 지하철역 정말로 이 길로 가면 되는 거냐고 재차 물으셨다. 이번에는 두 번째 만남인 것을 정확하게 기억하는 눈치셨다(사실은 세 번째 만남입니다). 그래서 맞다고, 다시 알려드렸다. 혹시나 또 같은 상황이 발생할까 봐 이번에는 일부러 느리게 걸으며 아저씨 뒤에서 따라갔다. 그런데 한 스무 걸음 정도 걸은 시점에서 지나가는 다른 분을 붙잡고 이 길로 가면 지하철역이 나오는 게 맞느냐고 또다시 물어보시는 것이었다. 그렇게 아저씨는 대로를 따라 직진만 하면 되는 길을 네 번이나 물어본 끝에 무사히 지하철역에 도착하셨지만 뭔가 내가 그렇게 신뢰가 안 가는 인상인가 싶어서 조금 섭섭해지는 아침이었다.

나만 빼고 저축하는 삶

이십 대에 프리랜서 글쓰기 노동자로 사회생활을 시작했다. 당시 그 나이대의 젊은이들이 보통 그러하듯 나 역시도 오로지 노력으로 능력을 인정받을 수 있을 것이라는 근거 없는 자신감이 있었다. 하지만 현실이라는 자비 없는 폭풍은 예상했던 것보다 수십 배는 혹독했고, 마음뿐만 아니라 통장 잔액까지 무자비하게 후려쳤다.

아무리 열심히 일해도 돈은 모이지 않고 줄어들기만 했다. 분명 하루도 쉬지 않고 매일매일 열심히 일하는데도 애초에 보수가 너무 적거나 그나마도 지급일이 자꾸 늦어졌고, 심지어 아예 안 주고 잠적하는 경우도 많아서 항상 궁핍한 상태가 이어졌다.

1년도 안 되어서 독립할 때 들고 나왔던 초기자금(이라고 할 것도 없는 액수지만 어쨌든)은 다 떨어져 버렸고, 초반에 호기롭게 다짐했던 '일로 인정받아 꿈을 이루고, 위대한 업적을 달성하겠다'라는 각오도 사라졌다. 당장 먹고살기 위한 생존 활동에 적색등이 켜졌다. 이후로 일을 가리지 않았고 더 닥치는 대로 받았다. 차마 기록으로 남길 수 없는 몹시 부끄러운 글을 쓴 적도 있다. 하지만 그래도 돈은 모이지 않았고 자꾸만 줄어갔다. 그 시점에 어떤 은행에서 투자상품 가입 권유 전화를 받았다. 남아 있는 자금을 저축만 하면 손해니, 자신들이 추천하는 투자상품에 가입하여 돈을 굴려 높은 수익을 노려보라고 제안했다. 문득 정신이 아득해졌다.

'저축이라니? 남은 돈이라니?
이 사람 도대체 무슨 말을 하고 있는 거야?'

그러다 세월이 좀 더 흐른 후 더 이상 발 디딜 곳도 없는 곳까지 몰린 후 다행히 취직이 되었다. 첫 회사는 소규모 스타트업 회사로, 월급은 적은 수준이었다. 하지만 나의 마음 사정은 크게 나아졌다. 가장 좋았던 것은 한 달에 한 번씩 정해진 액수의 돈이 들어온다는 사실이었다. 이런 루틴은 나의 마음을 대단히 윤택하게 만들어주었다.

언제 돈이 이만큼 들어오니까, 월세같이 위급한 곳에 얼마를 쓰고, 남은 돈으로 무엇을 사고 그리고 또 남으면 저축을 하고 하는 경제 계획을 세울 수 있게된 것이다. 저축이라니. 저축이라니. 그것은 농경을 시작해 식량 생산량이 늘어나고 빗살무늬 토기를 만들어 곡식을 저장할 수 있게 되어 잉여라는 개념을 발생시킨 신석기 혁명 같은 일이었다.

고정 수입이 없던 프리랜서 시절에는 돈에 대한 계획도 없었고, 미래도 없었다. 수년 동안이나 이 고정 수입이 가져다주는 안정감을 모르고 살았던 것이다. 나 빼고 다들 이렇게 살고 있었다는 생각을 하니, 배신감이 들 정도로 큰 충격이 몰려왔다. 그 뒤로 10년이 넘는 세월 동안 직장인으로 살아오며 이제는 아무런 감흥도 느껴지지 않을 법도 한데 여전히 월급날이 무척 신이 난다. 한 달 뒤 이날에 또 이만큼 입금될 거라는 사실이 마음을 풍족하게 만든다. 고정 수입은 정말 중요하고 좋은 것이다. 몇 번을 강조해도 부족할 정도로 말이다.

노동의 기억

이십 대에 정말 많은 아르바이트를 했다. 아르바이트 경험의 부작용 중 하나는 내가 손님으로서 같은 업종 가게에 갔을 때 마음이 편하지 않다는 점이다.

편의점 아르바이트를 가장 오래 했었는데(1년) 덕분에 편의점의 모든 업무를 세세하게 잘 알고 있다. 그 중에서 가장 스트레스 받는 것 중 하나는 물품 진열이었다. 선입선출의 원칙에 따라 새로 입고된 제품을 뒤에 배치하는 건 여간 힘든 것이 아니었다. 예를 들어 진열대에 컵라면 다섯 개가 놓여 있는 상태에서 한 개가 팔려서 네 개가 되었다고 하자. 그래서 유통기한이 최신인 새 컵라면을 보충해야 하는 상황이 되었을 때 그냥 빈 자리에 새 컵라면을 턱 배치해 놓으면 안 된다. 이미 배치되어 있던 컵라면 네 개를 다 빼낸 다음, 새 컵라면을 맨 뒤에 넣고 빼낸 네 개를 다시 채워 넣어야 한다(유통기한이 많이 남은 제품이 가장 나중에 팔려나갈 수 있도록).

모든 식품 진열이 이런 규칙에 따라 운영되기 때문에 이렇게 다 빼고 다시 넣고 하는 작업에 스트레스를 너무 많이 받았다. 그래서 10년이 넘은 지금도 편의점에 가서 상품 진열을 볼 때마다 그 작업이 자동으로 떠올라 몹시 불편한 마음이 들곤 한다. 이런 식의 메커니즘으로 작동하는 힘든 노동의 기억은 아르바이트를 해봤던 직종마다 자동으로 탑재되어 그런 업소에 갈 때마다 유령처럼 되살아나 마음을 괴롭게 만든다.

그런 의미에서 나는 커피숍 아르바이트를 한 번도 해보지 않았다는 사실을 몹시 다행이라고 생각한다. 커피숍에서는 자동으로 되살아나는 힘든 노동의 기억이 없다. 단골 커피숍에 갈 때마다 사장님이 항상 건프라를 만들면서 놀고 계시는데… 가게를 운영하는 일이 쉬울 리가 없으므로 분명히 스트레스 받는 업무가 많으시겠지만 내 눈에는 전혀 보이지 않기 때문에 참 행복하고 여유 있고 좋아 보인다. 그러므로 나도 편안하고 차분한 마음으로 앉아 있다 올 수 있다.

이십 대 초중반에 커피숍 아르바이트에 대한 로망이

있어서 꼭 해보고 싶었는데, 커피숍 구인 광고에 항상 빠지지 않고 기재되는 '용모 단정' 항목이 주는 공포와 압력이 심해서 단 한 번도 구직 시도를 해보지 않았다. 그 사실이 수년간 아쉽고 슬픈 기억으로 남아 있었는데 아이러니하게도 지금은 그 점이 몹시 다행이라는 생각이 든다.

지우고 싶은 욕망

내 안에 있는
욕망 하나를 지울 수 있다면,
좀 더 가치 있는 존재가 되고 싶다는
채울 수 없는 갈망을
지우고 싶다.

예의 바른 사람이었나요

동료가 회사를 떠나는 날에는

좋은 일로 떠날 때도,
나쁜 일로 떠날 때도,
항상 마음속으로 묻는다.

'저는 당신에게
예의 바른 사람이었나요?'

항상 마음속으로만 묻는다.

슬픈 세레나데

"일정 부족요?
그래서 충원하시라고 했잖아요!
T.O 열어드린 지가 언젠데…
왜 아직도 안 뽑으세요?"

텅 빈 구인 메일함을 보며 듣는
슬픈 팩트의 세레나데.

입장 차이

구직할 땐 레드오션
구인할 땐 블루오션
도무지 알 수 없는
채용시장의 마법.

시린 대가

휴일에 쉬고 있는데 누가 문을 두드려서 나가보니, 영혼 없는 미소로 활짝 웃고 있는 두 사람이 쌀을 내밀며 좋은 말씀을 전하러 왔다고 했다. 10년이 넘었지만 포교 매개물이 쌀인 것은 하나도 변하지 않았구나. 오늘의 나는 그분들을 돌려보냈지만 극심한 가난에 시달리던 이십 대의 나는 그러지 못했다. 쌀 한 주머니를 얻는 대가로 나는 그들을 기어이 집 안으로 들여 한참 동안 알 수 없는 얘기를 듣고, 연락처까지 넘겨주고 나서야 그들을 배웅할 수 있었다. 그 뒤로도 몇 주 동안이나 시달렸다. 그게 고작 주먹만한 쌀 한 주머니 때문이었다는 사실은 오랜 시간이 흐른 지금도 시린 상처로 남아 있다.

그래서 어쩔 거야

신입 시절, 항상 상냥함을 잃지 않고 웃는 얼굴로 모든 동료를 친절하게 대하는 직장 상사분이 계셨다. 전 직원들이 다 보는 사무실 한가운데서 아주 높은 상사에게 모욕적으로 질책을 당해도 상냥하고 밝은 태도가 조금도 무너지지 않는 굉장한 분이었다. 어느 날 그분과 티타임 미팅을 하게 되었을 때 어떻게 그런 상황에서도 평정심을 유지할 수 있으신 거냐고 여쭈어봤던 적이 있다. 그분은 특유의 밝은 미소를 지으며, "○○ 씨, 상사가 질책할 때는 속으로 '그래서 뭐? 나를 죽일 거야, 어쩔 거야??'라고 한번 생각해봐요^^"라고 대답해주셨다. 이 비기는 그 뒤로 질책을 당할 때마다 놀랍게도 꽤 효과가 있어서, 정신이 아득해지며 호흡이 힘들어지는 증상을 상당히 완화할 수 있었다.

업계 친구

난 업계에 친구가 없다. 업계 지인을 말하는 게 아니라 어렸을 때나 학생 때부터 알고 지낸 친구가 업계에는 없다는 의미이다. 이런 걸로 딱히 불편함이나 어려운 점을 느껴본 적은 없다. 하지만 얼마 전 학교 친구 사이인 두 분이 같은 회사, 같은 팀에서 근무하는 모습을 옆에서 본 적이 있었는데 정말 쉽게 하기 어려운 무리한 업무 요청을 "야, 빨리 이것 좀 해줘. 이 미친놈아"라는 한마디로 해결하는 걸 보며 처음으로 업계 친구란 좋은 거구나 하는 것을 느꼈다.

허영의 도시

나는 강남을 별로 좋아하지 않는다. 회사가 강남에 있어서 어쩔 수 없이 수년간 출퇴근하고 있지만 좀처럼 쉽게 정이 들지 않는 곳이다. 강남에 처음 왔을 때 심적으로 힘들었던 것 중 하나가 음식점이나 커피숍에 들어가는 것이었다. 세련되게 차려입은 손님들도 종업원들도 다들,

'이곳은 너 같은 가난뱅이가 와도 되는 곳이 아니야'

하고 비난하는 듯한 기분이 들었기 때문이다. 하지만 강남에서 지내는 세월이 길어짐에 따라 그들도 사실은 나랑 다름없는 가난뱅이들이라는 사실을 깨닫고 나서부터 음식점이나 커피숍 들어가는 게 한결 편해졌다.

그리고 이 도시를

더욱더 좋아하지 않게 되었다.

지금도 흘러가는 중

먹고사는 것은 힘든 일이다.
일터에서 겪는 막막함과
불안함과 고단함은
몇 번을 겪어도 익숙해지지 않았다.

하지만 그렇다고 낯설지도 않았다.
지금까지 다양한 시간을 보내며
눈앞이 캄캄해지는 절망을
어찌어찌 넘고
그사이 아주 짧게
행복한 보람도 맛보면서
여기까지 왔다.

그러면서 알게 된 것이 있다.
앞으로도 얼마간의 평이한 시간은

계속될 것이며,

눈앞이 캄캄해지는 절망도

어김없이 닥쳐올 것이고

그사이 소소하지만 행복한 날들도

만나게 될 것이라는 사실을 말이다.

이 익숙해지지 않지만

낯설지도 않은 흐름은

다행히도 이어지고 있다.

가끔 너무 힘들지만

이 흐름이 앞으로도 계속 이어질 것이기에

견디기 어려울 정도로 힘들 때는,

그 흐름을 의식하며

'지금도 흘러가는 중'이라고 생각해본다.

지금 그 흐름 속에 있다고 생각하면

조금은 마음이 가벼워지면서

견딜 수 있는 힘이 생긴다.

책임져야 하는 이야기

내일 아침이 무서워
손끝이 떨리는 밤이 찾아올 때마다
아주 작은 목소리로

"나에겐 책임져야 하는 이야기가 있어…"

라고 읊조리고
천천히, 조용히 눈을 감는다.

낚시의 어떤 감각

정확하게 기억나진 않지만, 낚시를 처음 해봤던 때는 초등학생 무렵이었다. 형과 형의 친구들이 갑자기 낚시에 꽂혀서 우르르 몰려갈 때 나도 없는 형편에 싸구려 장비들을 겨우겨우 마련해서 함께 갔다. 그때는 무조건 물고기를 낚는다는 행위에만 온 신경이 집중되어 있었다. 처음 해보는 낚시라는 행위와 월척을 낚고 말겠다는 다짐으로 흥분한 상태였다. 하지만 물고기는 생각만큼 잘 낚이지 않았다. 물론 몇 시간을 기다렸다가 한 마리 낚았을 때의 희열은 대단히 짜릿했지만 기다리는 시간이 그다지 즐겁지 않았다.

형 친구들 사이에서 낚시 붐은 곧 시들해졌고, 그에 따라서 내 흥미도 낚시에서 점점 멀어져갔다. 그러다가 6~7년이 지나서 형도 나도 이십 대가 되었다. 그 당시 형은 일 때문이었는지 학교 때문이었는지 집을 나가서 생활하고 있었고 나는 술집에서 아르바이트를 뛰고 있었다. 오래간만에 집에 온 형은 낚시 채비를 다 갖춰두고 근처 강에 낚시를 하러 가자고 했다. 뜬금없는 제안이었지만 오래간만의 낚시가 나쁘지 않은 느낌이라 같이 가기로 했다.

아르바이트가 밤에 끝났기 때문에 밤 11시가 다 되어 출발할 수 있었다. 깜깜한 강가에 도착해서 형광으로 빛나는 케미라이트를 끼운 찌를 물에 던졌다. 너무 조용했기에 강물 흐르는 소리와 풀벌레 소리가 크게 들렸다. 그러고 있으니 마음이 대단히 차분해졌다. 그 당시 바쁜 아르바이트와 팍팍한 생활에 치이고 있어 쫓기는 듯한 기분으로 매일을 살아가고 있었는데, 그렇게 작정하고 기다리는 시간을 가지니 마음이 가라앉으면서 여유도 생기고 좋았다.

그날은 옆에 나란히 앉은 형과 참 많은 얘기를 나누었다. 지금 생각해보면 정확하게 무슨 얘기를 했었는지 잘 기억나지는 않지만, 평소에 잘 꺼내지 않는 이야기가 새벽 무렵 동이 틀 때까지 한참이나 계속되었던 것은 기억한다. 격앙되거나 들뜨지 않고 한결같이 차분한 분위기로 그렇게 긴 시간 동안 대화를 나누는 것이 참 좋았다. 슬슬 해가 떠오를 때쯤

낚싯대를 거두고 돌아왔다. 붕어 두 마리 정도를 잡았는데 다시 강으로 돌려보내 주었다. 물고기를 잡냐 마냐 하는 것은 별로 중요하지 않은 기분이었다. 그날 낚시의 묘미를 알게 된 것 같다. 이 감각이 좋아서 조만간 낚시를 또 가봐야지 하는 생각을 했었는데 어째서인지 그 뒤로 10년이 넘는 세월이 흐를 동안 단 한 번도 가지 않았다. 뭐, 왜 안 갔는지 그 이유를 모르는 건 아니지만 글로 적으면 지금 내 마음의 여유에 피해가 갈까 봐 걱정되니 굳이 쓰지는 않기로 한다. 기회가 된다면 아내와 함께 낚시를 가보고 싶은데 살생에 워낙 예민한 사람이라 지렁이를 바늘에 끼운다는 설명만 해도 기겁을 하니 아무래도 힘들 것 같다. 안타깝지만 기억 속의 낚시는 아름다운 추억으로 남겨두고 마음의 여유는 다른 곳에서 찾아봐야겠다. 뭐, 커피든 산책이든 대체할 수 있는 수단은 얼마든지 많으니 괜찮다.

문화의 제철

오래전 소설을 읽듯이 글을 읽으며 게임을 진행하는 〈카마이타치의 밤(かまいたちの夜)*〉이라는 사운드 노벨 게임이 국내에 서비스된 적이 있다. 평소 그런 게임 장르를 좋아하던 형은 바로 계정을 결제하고 순식간에 모든 루트의 엔딩을 다 클리어했다. 형이 게임을 너무 빨리 깼기 때문에 계정 사용 기간이 꽤 넉넉하게 남아 있었다. 그래서 한번 해보고 싶다는 생각이 들어 형의 계정을 빌렸다. 그런데 올 클리어한 기록 때문에 여러모로 진행하기 어려운 점이 많았다. 그래서 서비스하는 게임 회사에 메일을 보내서 계정 클리어 기록을 없애고 초기화시켜줄 수 없느냐고 물어보았다. 그들은 당연히 해줄 수 없다고 했다.

• 사운드 노벨 장르의 게임으로 단계마다 문장이 등장하며, 플레이어는 선택 사항을 골라 여러 갈래로 갈라지는 이야기를 즐길 수 있다.

이 게임을 제대로 플레이하기 위해서는 새로운 계정을 결제하는 수밖에 없었다. 이 게임에 대단히 관심은 많았지만 계정비가 부담이 되어서 고민하고 고민하다 결국 패스하고 말았다. 그 후 12년의 세월이 흘러 형과 그때의 이야기를 나눌 기회가 있었는데, 형에게 그 당시의 계정비를 듣고 큰 충격을 받고 말았다. 한 달에 고작 3천 원이었다는 것이다. 3만 원도 아니고 3천 원. 도저히 믿을 수 없는 액수라 검색까지 해봤는데 3천 원이 틀림없었다. 그때의 나는 고작 3천 원이 없어서 끙끙대다가 하고 싶은 게임도 못 해보고 넘어갔단 말인가. 굉장히 큰 충격이었다. 그리고 동시에 서글픈 마음이 파도처럼 밀려왔다.

그러고 보면 보고 싶거나 하고 싶었던 명작 만화, 게임, 영화 들이 참 많았는데 그 당시에 그런 훌륭한 문화들을 더욱 많이 접할 수 있었다면 분명 훨씬 더 좋은 영향을 많이 받을 수 있었을 것이라는 생각이 들어 아쉬움이 남는다.

어른이 되어 돈을 벌기 시작하면서 그 당시 경험하지 못하고 넘어갔던 것들을 뒤늦게나마 집중적으로 찾아서 접했던 적이 있는데 사람들이 칭송하는 것만큼 감흥을 주는 것은 거의 없었다. 아마도 대부분 그 당시에 바로 해봐야 그 좋음을 온전히 알 수 있는 것들이었으리라 짐작된다. 뭐, 돈이 없어서 하고 싶은 게임 못 해보고 넘어갔던 사람이 나뿐인 건 아니겠지만 어쩔 수 없이 아쉽고 안타까운 마음이 들고 만다.

제철 과일처럼 문화도 그 당시에 즐겨야 최고로 즐겁게 받아들일 수 있는 제철이 존재한다. 가끔 시대를 초월하는 초명작들이 나오곤 하지만 그 명작들조차도 제철에 접하면 훨씬 더 좋은 경험으로 남을 것이다. 그때의 나에게 돌아가서 〈카마이타치의 밤〉 1년치를 결제해주고 싶어지는 오후다. 난 지금 백수의 몸이지만 그 정도는 해줄 수 있단다. 과거의 나여.

검색 엔진의 추억

13년 전 프리랜서 작가로 활동하던 무렵에 개인 홈페이지를 운영했던 적이 있다(네이버 블로그가 출범하기 전이었음). 어느 날 내 홈페이지가 몇 번째 페이지에 나오는지 확인해보려고 내 이름으로 검색 엔진을 돌려봤던 적이 있었는데, 나오라는 홈페이지 주소는 안 나오고 작가 인명록(?) 같은 페이지에 내 이름이 등록되어 있었다(거기로 들어가서 내 이름을 클릭했더니 내 홈페이지 주소가 링크되어 있었음).

'아니, 내가 작가 인명록에 등록될 정도로 벌써 유명해졌단 말인가?!' 하는 떨리는 마음으로 인명록을 쭉 훑어봤는데 수록된 이름 수가 200명도 채 되지 않는 적은 숫자였다. 그리고 유명 작가, 아마추어 작가, 문예부 초등학생, 외국인 등 완전 기준도 없고 중구난방으로 구성된 목록이었다. 이건 누가 봐도 작가 인명록 서비스를 담당하는 사람이 아는 후배한테 아르바이트를 시켰는데, 그 후배가 완전 불성실하고 대책 없는 사람이어서 검색 엔진에서 '작가'로 검색한 다음, 나오는 이름들을 그냥 다 붙여넣기 해 만든 듯한 느낌이었다. 뭔가 인명록에 실어준 게 고맙기는 한데 동시에 엄청 모욕적이기도 한 복합적인 기분이었다. 게다가 더욱 견딜 수 없었던 점은 'ㄱㄴㄷㄹ' 순으로 이름을 정렬되어 있었는데 'ㅎ'란에 가보니,

:

헤밍웨이

홍환

:

이렇게 되어 있었다는 점이다. 저걸 보자마자 진짜로 자리에서 벌떡 일어나서 "하지 마!"라고 육성으로 외쳤다. 뭔가 악의를 가지고 나에게 모욕을 주려 일부러 저렇게 배치한 듯한 느낌이 들 정도였다. 곧바로 고객센터에 메일을 보내 저거 빨리 좀 지워달라고 부탁을 했는데, '알겠다, 알겠다'라고만 대답하고 한참 동안 지워주지 않아서 몹시 힘들었다. 아침

에 눈 뜨자마자 '오늘은… 오늘은 지워졌겠지?!' 하
고 들어가 봤는데,

:

헤밍웨이

홍환

:

"으아아아! 그만해! 그만하라고!"

이런 나날이 일주일 이상 이어졌던 걸로 기억한다.
지금은 전문적이고 안정적인 검색 엔진 서비스로 자
리를 잡았지만, 천하의 ㄴㅇㅂ에게도 이런 시기가
있었다는 것을 요즘 젊은이들은 모르겠지.

충격 반전

오래전 근무했던 개발팀 자체개발 툴 중에서 'Miseen-scène'이라는 이름의 툴이 있었다. 나는 항상 '마이씬씬'이라고 읽었는데, 어느 날 자료를 찾다가 영화 칼럼에서 미장센(Miseenscène)이라고 적힌 문구를 보고 너무 놀라 나도 모르게 벌떡 일어나, "님들! 나 지금 충격적인 거 알아냈어요! 우리 툴 이름 미장센이래요! 마이씬씬이라고 읽는 게 아니었던 거야!" 하고 외쳤다. 우발적으로 그렇게 외치고 나서 '너무 무식한 거 티냈나' 하는 생각에 아차 싶었는데, 여기저기서 동료분들이 경악한 목소리로,

"뭐? 마이씬씬이 아니라고?"
"마이씬씬이 아니었던 거야?!"
"말도 안 돼! 어딜 봐도 마이씬씬이잖아!"

하고 외쳐주셔서 다행히 부끄럽지 않게 넘어갈 수
있었다.

적절한 타이밍

자존감이 위기에 처할 때마다 팽창하는 자의식 과잉
은 힘으로 때려잡을 수 없는 듯하다. 평소에 자의식
과 사이좋게 지내면서 팽창하려고 할 때마다,

'어허, 지금 이 타이밍에 그러지 마시고' 하면서 잘
달래며 지내고 있다.

무의식의 충동구매

가벼운 야근을 마지막으로 간신히 요번 주 마감을 털어내고 회사를 나섰다. 발걸음이 휘청거리고 현기증이 느껴질 만큼 피곤했다. 몸은 너무 힘들었지만 한 주 동안 고생했으니 이렇게 번 돈으로 뭐라도 사야겠다는 보상 심리로 소비 충동이 강하게 일었다. 그래서 집에 바로 가지 않고 대형 마트에 들렀다. 하지만 딱히 사고 싶은 게 없었다. 피로가 너무 중첩되다 보니 심신의 감각이 무뎌져서 먹고 싶은 것도 없고, 쓰고 싶은 것도 없는 뭔가 욕구를 관장하는 기관이 제대로 작동하지 않는 상태였다. 하지만 그럼에도 불구하고 고생한 만큼 이번 주에 번 돈으로 뭔가를 사서 자신에게 보상을 줘야 한다는 충동만은 명확하게 남아서 넋을 잃은 얼굴로 마트를 계속 배회했다.

너무 피곤해서 빨리 집에 돌아가 쉬고 싶은데 사고

싶은 걸 발견할 수가 없어서 돌아가지 못하는 기묘한 고행이 계속되었다. 그러다가 이젠 정말 죽겠다 싶어 눈에 띄는 것으로 아무거나 집어 들고 계산을 한 뒤 집으로 돌아왔다.

집에 들어오자마자 옷과 가방을 수류탄 투척하듯 구석에 던지고 샤워를 하러 갔다. 씻고 나와 보니 책상 위에 쌀 봉지가 놓여 있었다. 나는 쌀을 사 왔던 것이다. 물론 쌀을 산 기억이 없지는 않은데 문득 정신을 차리고 보니 덩그러니 놓여 있는 쌀 봉지가 너무 낯설어서 조금 당혹스러웠다. 태어나서 충동적으로 쌀을 산 건 처음이었다. 왜 하필이면 쌀을 사 온 건지 나 스스로도 알 수 없었다. 외식을 자주 하다 보니 평소 하향 평준화된 공깃밥의 품질에 불만이 있긴 했지만 갑작스러운 쌀 충동 구매를 설명하기에는 동기가 부족했다.

한참 동안 멍하니 쌀 봉지를 바라보며 어떤 의식의 흐름에 의해 이걸 집어오게 된 건지 생각해봤지만 끝내 적절한 동기를 찾을 수 없었다. 쌀은 '히토메보레'라고 하는 처음 듣는 품종이었다. 쌀을 사 오게 된 원인은 여전히 의문이었지만 사고를 계속 이어갈 기력마저 다 소진되어 버려서 더 깊이 생각하지 않고 자기로 했다.

침대에 누우니 그래도 이 쌀 덕분에 대형 마트를 헤매다 쓰러져 죽지 않고 무사히 집으로 돌아올 수 있었던 건 아닐까 하는 생각이 들었다. 어쨌든 사 와버린 건 어쩔 수 없으니 폭면을 취하고 일어나면 첫 끼니는 이 쌀로 밥을 지어 먹어야겠다고 생각했다. 부디 다음 주는 영문도 모른 채 쌀을 사서 집으로 돌아오는 일이 없는 한 주가 되었으면 좋겠다.

연말연시의 악마

연말연시가 될 때마다 길었던 1년이 마침내 끝난다
는 안도감과 아무도 손대지 않은 깨끗한 새 1년이 다
가온다는 설렘이 평소보다 마음을 들뜨게 만든다.
거리마다 울려 퍼지는 명랑한 캐럴도, 매장마다 전
시된 크리스마스 상품들도, 연중 가장 비싸고 맛있
는 음식이 제공되는 회식도, 오랜만에 만나는 반가
운 지인들과의 모임도, 사회의 밝고 행복한 에너지
의 평균값을 한도까지 높인다. 하지만 나는 연말연
시가 될 때마다 급격히 들뜨는 이 분위기를 의식적
으로 경계하는 편이다. 이 시기에 마음을 다치지 않
은 적이 거의 없었기 때문이다.
사회 활동을 하지 않던 외톨이 시절에는 오색찬란한
트리 아래에서 즐겁게 웃고 떠드는 사람들을 캄캄한
어둠 속에서 홀로 지켜보기만 해야 한다는 고립감과
외로움 때문에 힘들었고, 사회 활동을 하던 시기에

는 오래간만에 즐거운 모임을 가지고 흥겹게 집으로 돌아와 칠흑 같은 현관문 안으로 발을 내디딜 때 느껴지는 고독함의 낙차를 견디기 힘들었다.

나 개인이 가지고 있는 내적 밝음이, 갑작스럽게 증가한 사회적 밝음의 수준을 따라갈 수 있었던 적은 한 번도 없었다. 그렇기에 어떻게 애를 써봐도 항상 마음을 다치고 말았다.

그래서 어느 순간부터 연말연시가 되어 마음이 들뜰 때마다 과거의 상처들을 의식적으로 복기하며 올해는 최대한 다치지 않도록 미리 마음의 준비를 한다. 연말연시에는 악마가 숨어 있다. 나는 그 사실을 항상 잊지 않는다.

1퍼센트가 이어가는 시간

어둡고 우울했던 내 유년기에서 게임이란 존재는 찬란한 한 줄기 구원의 빛이었다. 게임에 빠져 있는 동안에는 그 어떤 고통도 슬픔도 외로움도 다 잊을 수 있었다. 게임을 플레이할 수 있는 경제적 여건이 안 되는 상황이 많았지만, 게임을 한다는 상상을 하는 것만으로도 마음이 설레고 가슴이 동경으로 부풀었기 때문에 눈앞에 닥쳐온 고통을 잊을 수 있었다. 돌이켜, '게임을 만나지 못했더라면 험난한 유년기를 어떻게 무사히 넘길 수 있었을까' 하는 걱정이 들 정도로 게임을 좋아했다.

시간이 흘러 나는 어른이 되었고, 게임을 좋아했던 경험들이 운 좋게도 과분한 인연에 닿아 게임 만드는 일을 할 수 있게 되었다. 이 일을 하게 될 줄은 상상도 못 했던 나는 게임 회사에 처음 입사했을 때 머리가 아찔해질 정도로 흥분했었다. 내가 이런 대단

한 일을 하게 되었다는 것이 기적 같은 행운처럼 느껴졌다.

내가 상상해왔던 게임 개발자들처럼 나도 꿈과 희망에 부풀어 종일 즐거움에 취해 일하는 몽상가 같은, 그런 환상적인 생활을 할 수 있을 거라 생각했다. 하지만 그 기대는 금방 깨졌다. 게임 회사 역시 생각이 다른 여러 사람이 모여 제품을 생산하는 집단이었기 때문에 집단사회에서 일어날 수 있는 모든 사회적 문제들이 그대로 존재했다.

게임을 만드는 과정이란 성격이 맞지 않는 동료와 다투기도 하고, 실수를 저질렀을 때 호된 질책을 당해야 하고, 납득하지 못하는 지시도 수행해야 하고, 때로는 월급이 밀리고, 부당한 권력 싸움에 의해 좌천되기도 하고, 긴 시간 동안 노력을 다했던 프로젝트가 하루아침에 무산되고, 반복되는 야근과 주말 출근 때문에 건강이 상하고, 사람 사이에 발생하는 갈등으로 마음이 꺾이고, 인사평가 시즌마다 자존감을 빼앗기지 않기 위해 몸부림쳐야 하는 그런 시간으로 가득 차 있었다. '게임' 회사라 생각하고 입사했지만, 게임 '회사'였던 것이다.

그것은 게임에 대해 환상을 가지고 있던 나에게 적지 않은 충격을 안겨주었다. 하지만 세월 앞에 장사 없다는 말처럼 경력과 연차가 쌓일수록 충격은 조금씩 깎여나갔고, 지금은 그런 현실을 완전히 인정하고 받아들일 수 있는 상태가 되었다. 동경하던 분야였던 만큼 현실을 직시하는 것이 쉽지 않았지만 지금까지 10년이 넘는 긴 시간을 이어왔다. 어떻게 그게 가능했을까 생각해보면 제일 처음 떠오르는 대답은 '먹고 살기 위해서'이지만 그만큼 좋아하고 동경했던 일이었기 때문에 그것만으로는 설명되지 않는 1퍼센트의 무언가가 분명히 있다.

그것이 위대한 게임을 만들고 싶다는 야망이든, 누군가의 어두운 시간을 구원해주고 싶다는 희망이든, 전문성의 정점에 도달한 전문가가 되어 자아실현을 하기 위해서든, 많은 사람을 행복하게 만들어주고 싶어서든, 인류 문화의 발전에 이바지하고 싶어서든. 어쨌든 분명하게 존재하는 그 1퍼센트의 무언가가 긴 시간 동안 나를 여기까지 이끌어주는 원동력이 되었을 거라 생각한다.

연차가 많은 경력자에게 왜 이 일을 하느냐고 물으면 아마 대부분 허허 웃으며 먹고살기 위해서라고 대답하겠지만, 그분들 역시 그것이 100퍼센트의 이유는 아닐 것이다.

누구나 다 1퍼센트를 가지고 있다고 생각한다. 그 1퍼센트는 때로는 부당함을, 추락한 자존감을, 매일 반복되는 지루함을 극복하게 한다. 그리고 어떻게든 버티게 한다. 그 1퍼센트가 좋은 것인지 아닌지에 대해 말하긴 어렵지만 지금도 한 사람, 한 사람을 돕고 있는 건 분명하다.

마음이 부러졌을 때의
행동 지침

살다 보면 어떤 이유에 의해서든 마음이 부러지거나 박살나버려서 몸도 정신도 제대로 가눌 수 없는 상황에 처할 때가 있다. 이런 상황에 처해지면, 자기 자신을 넘어지지 않게 유지하는 것조차도 버거울 정도로 심신의 에너지가 급격히 떨어져서 커뮤니케이션 같은 건 엄두도 내지 못한다. 하지만 그럼에도 불구하고 사람을 만나고 사회 활동을 해야만 하는 것을 피할 수 없을 때가 있다.

나는 그럴 때마다 바들바들 떨리는 손으로 현관문을 열고 집 밖으로 나서며 마치 주문을 외듯, '예절, 친절, 예절, 친절, 예절, 친절, 예절, 친절…' 하고 중얼거린다. 이런 상황에서 이것들을 놓치게 되면 나 자신이 만들어낸 내부로 향하는 충격이 마음의 중심을 후려갈기기 때문이다. 그렇기에 어떻게든 친절과 예절을 잃지 않기 위해 최선을 다한다. 만약 가깝거나 좋아하는 사람일 경우에는 특별히 더 신경을 기울인다. 그런 분들에게 상처를 주었다고 판단되면 충격이 곱절로 돌아오기 때문이다.

추락 상상

생활고가 극한에 치달았던 이십 대 중반 무렵, 저금통에 들어 있던 동전까지 탈탈 털어도 전 재산이 만원밖에 안 되는 걸 확인했던 날. 당장 내일 월세를 내야 하는데 그동안 준비해오던 일은 모두 틀어지고 여자 친구와도 헤어지고 냉장고는 텅텅 비었고 도저히 돈을 구할 방안은 생각나지 않아서 마치 뿌연 안개가 낀 것처럼 시야가 탁해졌을 때.

'죽으면 이런 걱정 안 해도 되지 않을까?'

하는 목소리가 환청처럼 들려왔다. 나는 마치 무언가에 홀린 것처럼 생기를 몽땅 잃은 몸을 이끌고 옥상으로 올라갔다. 그렇다고 뛰어내려서 죽어버리자고 결심하고 올라간 것은 아니었다. 그냥 느낌만 시뮬레이션해볼 요량이었던 걸로 기억한다. 옥상 난간을 붙잡고 아래를 내려다보자, 지상이 평소보다 훨씬 더 까마득한 높이로 다가왔다. 평소 그냥 내려다봤을 때도 아찔한 느낌이었지만 뛰어내려서 죽는다는 가정을 하고 내려다보니 훨씬 더 무섭게 느껴졌다. 그렇게 서 있으니 여기서 뛰어내린 직후에 일어날 일들이 저절로 머릿속에 그려졌다. '롤러코스터를 탔을 때처럼 아랫배에 허전한 낙하감을 느끼면서 추락해 위치에너지를 고스란히 실은 몸이 바닥에 부딪힐 것이다. 분명히 엄청 아플 것이다. 죽음에 이르는 고통이니 이제껏 내가 겪어본 통증을 아득히 상회하는 고통일 것이다. 그나마 죽으면 다행일 텐데 크게 다치고 생존하면 그 고통을 계속 느껴야 할 것이다. 다치든 죽든 몸은 흉한 모습으로 상할 테고 누군가 그런 내 몸을 만지고 지켜보게 될 것이다…' 그런 장면들을 상상하니 너무나도 무서워서 손발이 덜덜 떨렸다. 하지만 그와 동시에 반대로,

'결심하고 저질러버리면
한순간에 다 끝날지도 모른다'

라는 생각이 치솟아 올라 충동적으로 발뒤꿈치가 들

리며 체중이 앞으로 쏠렸다. 지금 생각해보면 정말 아주 살짝 몸이 앞으로 기울어졌던 것뿐이었지만, 그것만으로도 지금 당장 떨어져서 죽을 것 같은 공포가 느껴져 전력을 다해 몸을 뒤로 튕기며 물러났다. 이미 난간에서 멀어졌지만 하체에 힘이 완전히 빠져서 다리가 후들후들 떨려 제대로 서 있기가 힘들었다. 옥상 한가운데에 서 있었지만 그래도 추락의 공포가 여전히 남아 떨리는 다리로 비척비척 계단을 내려가다 나는 그만 털썩 주저앉고 말았다.

주저앉음과 동시에 울음이 터져 나왔다. 방금 겪었던 추락의 공포와 숨 쉬기 힘든 현재 상황, 나의 나약함에 대한 한탄 그리고 이런 바보 같은 짓을 하고 주저앉은 자신에 대한 경멸이 한데 엉켜 눈물이 쏟아졌다. 새벽 시간이라 다른 사람들에게 피해가 갈까 봐 손으로 입을 틀어막고 바람 빠지는 소리를 내며 흉하게 울었다. 눈물이 멈추지 않고 계속 나와서 한참을 울다가 내려왔다.

남은 돈으로 일단 컵라면을 사 먹고 선잠을 자고 일어나 다음 날 아침 일찍 약한 모습을 제일 보이고 싶지 않은 사람에게 전화를 걸었다. 다행히 돈을 빌려서 위험한 고비를 넘겼다. 그날 이후로 나는 단 한 번도 죽겠다는 생각을 해본 적이 없다. 그날의 경험이 너무나도 무서웠기 때문에 감히 떠올릴 생각도 하지 않는다. 흔히 자살한 사람에 관해 얘기를 할 때 많이들,

'의지가 부족해서…'

같은 표현을 쓰곤 하는데 나는 이 말에 절대 동의할 수 없다. 자신의 목숨을 끊는다는 것은 누구나 할 수 있는 그런 일이 아니다. 보통 일이 아닌 것이다.

오히려 강한 의지가 있어야 가능한 일임을 적어도 나는 알고 있다.

구직 고통

구직할 때마다 느끼는 거지만 직장을 구하는 일은 항상 어렵다. 자기소개서에 내가 어떤 부분이 우수하고 뛰어난지를 내 손으로 직접 쓰는 것도 민망하고 면접관들이 웃는 얼굴로 휘두르는, 날이 시퍼렇게 선 질문들을 받아넘기는 것도 몹시 긴장되고 힘이 든다. 이 과정이 그토록 강한 정신과 감정의 피로를 유발하는 이유는 아마도 판매해야 하는 상품이 다른 무엇이 아니라 바로 나 자신이기 때문일 것이다. 처음 보는 사람이 단 몇 분 간의 대화만으로 내 진정한 가치를 알아보기 힘들다는 보호제를 아무리 두텁게 바르고 임하더라도 탈락 통보를 받는 순간, 나 자신의 가치를 모조리 부정당했다는 마음의 충격은 피할 수가 없다. 당락에 관여하는 변수는 예측하기 어려울 정도로 많기 때문에 이성적으로는 그렇지 않다고 생각하면서도, 일단 떨어진 것이 객관적인 사실이다 보니 내 가치를 부정당했다는 그 끔찍한 감각이 마음을 베어 먹는 것을 멈출 길이 없다. 업계에서 일한 지 10년이 다 되었으니 이제는 슬슬 익숙해질 만도 한데 자기소개서를 쓰고, 면접장에 들어가고, 탈락 통보를 받는 일은 아직도 여전히 힘들고 고통스럽고 두렵다.

얼마 전 면접이 하나 잡혀서 보러 갔었다. 질문 내용이 예상보다 어려워서 몸과 마음이 몹시 지쳤던 터라 면접장에서 나오는 길에 곧바로 고급 홍차 가게에 들어갔다. 고생했으니 이 정도는 괜찮아 하는 생각으로 마셨지만, 마시는 와중에도 조금 전 대답을 잘못했던 부분들이 생각나서 나도 모르게 자꾸만 한숨이 나왔다. '요번 면접은 흠… 망했군' 하는 마음으로 살짝 기대를 놓고 있었는데 얼마 후 예상과는 다르게 합격 통보를 받았다. 통보를 받고 난 후에 든 생각은 내 가치를 인정받았다는 기쁨이나 확신 같은 게 아니라,

'요번에도 운이 좋았군. 다행이야!'

하는 안도였다. 이쯤 되도록 자기 확신이 조금도 생

기지 않는 것은 참으로 답답한 일이지만 어쩌면 다음번에는 운이 좋지 않을 수도 있기 때문에 그때를 대비한다면 확신 같은 건 없는 쪽이 더 나을지도 모르겠다는 생각이 들었다.

아직도 실감이 나지 않지만 다시 출근을 한다. 또다시 직장인으로 돌아간다. 낯선 집단에 들어가는 게 조금 무섭지만 좋은 사람들을 많이 만날 수 있었으면 좋겠다.

2부

꿈은 없고요,
그냥 놀고 싶습니다

매일이 즐겁고 행복한 날이
아닌 것에 대하여
이제 더 이상
의문을 가지지 않기로 했다.

뜻밖의 평화주의자

삼십 대 후반에 접어든 후 '나 자신과의 약속!'은 어차피 못 지킬 거 아니까 잘 하지 않게 되고, '자기 자신과의 싸움!' 같은 것도 별 이득 없이 심하게 다치기만 해서 가급적이면 안 싸우고 사이좋게 지내려고 노력하고 있다.

나름의 이유

중간 관리자로서 가장 어려운 점 중 하나는
사실은 나도 긴가민가하고 잘 모르겠지만
"네! 이 방향대로 계속 진행해주세요!^^"라고
말할 수밖에 없는 상황이 올 때라고 생각한다.

서프라이즈 금지

좋아하는 직장 동료의 책상 위에 간식을 몰래 놔두
고 오는 습관이 있는데, 가끔 간식 놔두고 간 사람을
애타게 찾던 동료분이 내가 놔둔 것이라는 걸 알고,
"뭐예요 ㅜㅜ 로맨스인 줄 알았잖아요. ㅜㅜ" 하고
실망하시는 경우가 있어 이제부터는 이름이라도 써
놓고 놔두기로 했다.

소신을 지키며
산다는 것

나는 나이 많은 사람이 자기보다 어린 상대에게 나이가 많다는 이유 하나만으로 아무런 동의도 없이 초면에 반말을 사용하는 것에 거부감을 느끼는 편이다. 그래서 사회생활을 하다가 만나게 되는, 나보다 어리다는 확신이 드는 사람에게 가급적이면 나이를 묻지 않고 존대한다. 하지만 이게 상대방이 20세를 넘은 성인의 경우에는 크게 이상하게 여겨지지 않은데, 19세 이하의 교복 입은 청소년에게까지 확장하면 누가 봐도 삽십 대 아저씨인 사람이 어린 사람에게 존대하는 상황을 조금 의아하게 여기는 시선이 느껴진다.

하지만 여기까지도 괜찮다. 그런 시선이 조금 불편하긴 하지만 손쉽게 튕겨낼 수 있다. 진짜 힘든 구간은 대화의 상대가 10세 미만의 어린이들일 경우이다. 나이가 많다는 이유로 하대하지 않겠다는 소신을 지키기 위해 나는 이런 어린이분들과 대화를 하게 될 때도 존댓말을 사용하는데, 청소년들에게 존대할 때와는 비교도 되지 않을 만큼의 '과도하게 어린 상대에게까지 존대하는 이상한 사람'으로 여겨지는 사회적 프레셔를 느낀다. 직장동료의 5세 이하 자녀분 얘기를 할 때도, "철수는 건강한가요?"라고 부르면 예의에 어긋나는 느낌이 들어 "철수 씨는 건강한가요? 철수 님은 건강한가요?"라고 물어보는 편인데 이럴 때 이상한 사람으로 여겨지는 시선이 더욱더 강하게 느껴진다.

사실 솔직하게 얘기하자면 존대하면서도 나 스스로도 좀 어색하고 쑥스러운 감이 있다. 하지만 돌아서서 다시 생각해보면 어린이분들에게도 존대를 잊지 않는 것이 상대방의 인격을 존중하는 자세로서 올바르다는 판단이 들어, "그래! 역시 나는 틀리지 않았어!" 하고 아무도 없는 방에서 혼자 외치게 된다.

소신을 지키며 산다는 것은 이래저래 쉽지 않은 일이구나 싶다.

정체성의 시련

며칠 전 식당에 혼자 밥을 먹으러 간 적이 있다. 주문한 메뉴가 나와서 이제 막 젓가락을 들려고 할 때 네다섯 살쯤 되어 보이는 남자아이를 동반한 어머니 한 분이 근처 테이블에 앉으셨다. 그 무렵 아이들이 항상 그렇듯 어머니가 메뉴판을 펼치자마자 아이는 넘치는 에너지를 주체하지 못하고 식당 안을 뛰어다니기 시작했다. 어머니가 큰 목소리로 엄하게 타일렀으나 아이의 질주는 멈추지 않았다. '역시 아이를 키운다는 것은 정말 힘든 일이구나' 하는 생각을 하며 음식을 입에 넣는 순간, 갑자기 그 아이가 쪼르르 달려와서 내가 앉은 테이블에 매달렸다. 그러고는 내 얼굴을 물끄러미 바라보기 시작했다. 순간 너무 당황스러워서 누가 내 정수리에 달려 있는 일시 정지 버튼을 누른 것처럼 젓가락질을 멈췄다.

'어머니가 어떻게 해주시겠지. 일단 침착하자.'

그런 생각을 하면서 아이의 시선을 피하고 있었더니 예상대로 어머니가 아이를 다그쳤다.

"어허! 자꾸 돌아다니면 너 무서운 아저씨가 이놈 한 다!"

분위기 맥락상 어머니가 말한 무서운 아저씨라는 것은 아마도 나를 의미하는 듯했다. 일단 나는 무서운 아저씨도 아니고 '이놈!' 하고 외칠 의사도 없었기 때문에 이 사태를 어서 빨리 해결하기 위해 잠자코 있었다. 그런데 갑자기 내 얼굴을 바라보던 아이의 표정이 변했다. 장난기 가득했던 얼굴에 긴장의 빛이 서리기 시작했다. 마치 '당신은 정말로 이놈 하는 무서운 아저씨인가요?' 하고 묻는 듯한 얼굴이었다. 도대체 어떻게 대처해야 할지 난감했다. 내가 할 수 있는 건 동공을 떨면서 아이의 시선을 피하는 것뿐이었다. 그 순간 어머니가 다시 외쳤다.

"아저씨! 예의 없는 어린이 이놈! 해주세요!"

그 소리에 놀라 고개를 돌려보니 어머니의 시선이 내 얼굴을 향하고 있었다. 마치 정말로 '이놈!'을 해달라고 요청하는 듯한 분위기였다. 너무 당황해서 온몸이 사후경직 예행연습을 하는 것처럼 굳어버렸다.

'정말로 이놈을 해야 하는 건가?'
'진짜로 이놈을 해달라는 의사의 표현이 맞는 건가?'
'그런데 이놈은 도대체 어떻게 해야 하는 거지?'
'웃는 얼굴로 외쳐야 하는 건가?'
'아니면 무섭게 찌푸리며 외쳐야 하는 건가?'

갑작스러운 사고의 폭풍 속에 휘말려 고장난 가전제품처럼 오작동을 일으키고 있으니 참다못한 어머니가 다가오셨다. 그러고는 아이를 안아 올리며 말했다.

"착한 아저씨라서 다행인 줄 알아. 무서운 아저씨였으면 큰일났어. 너."

'저… 아까는 분명 무서운 아저씨라고 하셨던 것 같은데. 복선도 없이 갑자기 이렇게 착한 아저씨로 바꿔도 괜찮은 걸까요. 그리고 큰일이라니. 제가 무서

운 아저씨였더라면 일어났을 큰일이라는 건 도대체
무슨 일을 의미하는 것인지요….'

아이를 안고 돌아가는 어머니의 뒷모습을 바라보며
머릿속에 수많은 질문이 떠올랐다. 물론 단 한 마디
도 입 밖으로 내지는 않았다. 그제야 혼자 남겨진 나
는 다시 식사를 이어갈 수 있었다. 옆 테이블을 흘깃
바라보니 아이는 여전히 발을 버둥거리며 어머니를
힘들게 하는 중이었다. 나는 얼른 먹고 일어나 먼저
계산을 하고 나왔다. 식당을 나오는 길에 문득 그래
도 아이의 기억 속에는 착한 아저씨로 남았으면 좋
겠다는 생각이 들었다. 정체를 알 수 없는 '큰일'을
당하게 만드는 무서운 아저씨라니.

도대체 정체가 뭐야.
그건 나도 무섭다고.

슬픈 사치

노동을 하지 않아도 먹고 사는데 부족함이 없을 정도로 충분한 부를 얻게 된다면 무엇을 할 것인가에 대한 질문에 단 한 번도 제대로 된 대답을 할 수 있었던 적이 없다. 너무나도 비현실적이고 인지의 영역을 벗어난 형이상학적인 가정이라 내 상상력이 미처 거기까지 닿지 않는다.

지퍼 턱턱

퇴근하려고 회사를 나왔다가 잊은 물건이 생각나서 가지러 다시 돌아왔다. 근데 목에 건 보안 카드를 꺼내려고 야전 상의 지퍼를 내리려는데 지퍼가 턱턱 걸려서 내려가질 않았다. 힘을 줘서 내려보기도 하고 자연스럽게 내려보기도 했는데 도무지 지퍼가 열리질 않았다. 문 앞에서 목 부분에 붙은 지퍼를 붙잡고 땀을 뻘뻘 흘리는 모습을 다른 사람이 보면 진짜 부끄럽겠다고 생각하는 순간 정말로 다른 팀 여자분(프로그래머)이 헐레벌떡 달려오셨다. 그분은 나에게 목례를 한 번 하시고 목에 건 카드를 꺼내려고 점퍼 지퍼를 내리려고 하셨는데 어쩐 일인지 그분도 지퍼가 내려가질 않았다. 그렇게 둘이서 문 앞에 서서 한참 동안 지퍼 턱턱을 하며 서 있었다. 정말로 아무도 지나가질 않아서 둘이 문 앞에 붙어서 아무 말도 하지 않고 몇 분 동안 지퍼를 턱턱 거리고 서 있었다.

중간에 두어 번 정도 눈이 마주쳤는데 사람이 극도
로 당황하면 이런 표정을 짓는구나 싶었다.

아마 내 표정도 똑같았겠지.

사탄 바비큐 파티

어제 목이 아파서 병원에 갔는데 의사 선생님이 플래시로 목 안을 3초 정도 들여다보시더니, 근심 어린 표정으로 고개를 절레절레 흔들며 "이건 좀 심하군요"라고 말하고는 곧바로 엉덩이 주사, 수액, 약 처방을 내려주셨다. 공기가 너무 무거워서 마치 불치병 선고라도 받는 분위기였다.

수액 두 팩을 맞고 와서 약봉지를 보니 소염제 두 종에 항생제는 두 알이나 들어 있었다. 이걸 다 복용하면 장내 세균의 세계에 큰 재앙이 닥치는 건 아닐까 하는 걱정이 드는 양이었다. '목이 따끔거리긴 하지만 주사에 수액에 항생제, 소염제 4알에… 그 정도까지 아프지는 않은 것 같은데… 과잉진료 아닌가?' 하는 생각이 들었지만 일단 약을 먹고 잤다. 그리고 그날 새벽 타들어가는 듯한 목 고통을 견디지 못하고 잠에서 깼다. 마치 목 안에서 사탄 열 마리가 밤샘 바비큐 파티라도 벌이고 있는 게 아닐까 하는 생각이 들 정도의 고통이었다. 자다 깨다를 반복하다 겨우 일어나 출근하던 중, 어제 의사 선생님의 처방을 의심했던 것에 깊은 반성이 몰려왔다.

무협지 독공 관련 클리셰 중에도 그런 게 있다. 진짜로 무서운 슈퍼하이클래스 초극독은 무색무취에, 찔려도 간지러움조차 느껴지지 않아서 찔린 이가 한참 동안 아무렇지도 않게 생활하다가 어느 순간 갑자기 아무런 증상도, 조짐도 없이 쓰러져 절명한다. 그래서 보통 약선급의 의원이 이런 독에 당한 자를 보면 고개를 절레절레 흔들며 손쓸 방도가 없으니 죽음을 준비하라고 말한다. 그리고 환자는 약선을 미친 사람 취급하며 '껄껄' 웃어넘기고 일상생활을 하다 죽는다. 아마도 이런 비슷한 메커니즘이었던 게 아닐까. (물론 죽지는 않겠지만.)

사과 1

한밤중에 아내와 누워서 영화를 보다가 배가 너무 고파져서 영화를 잠깐 멈추고 밥을 먹기로 했다. 근데 아무리 봐도 밥 차리는 동안 아내가 잠들어버릴 것 같은 포스라 밥 차리는 동안 자지 말라고 신신당부를 했다. 아내는 자신을 잠 못 자서 한 맺힌 사람 취급하지 말라면서 빨리 밥이나 차리라고 하였다. 그래서 밥을 차리러 주방에 갔는데 도착하자마자 뭔가 느낌이 이상했다. 다시 살금살금 방으로 돌아가보니 예상대로 아내는 잠들어 있었다.

나는 아내를 깨워서 안 자기로 했으면서 왜 잠들었느냐고 따졌다. 아내는 엄청 오랫동안 눈도 안 감고 뭐 생각하고 있었는데 네가 늑장 부리면서 밥을 너무 늦게 차리니까 그사이에 깜빡 잠이 든 거라고 핀잔을 주었다. 나는 어쩐지 억울해 사실 주방에 갔다가 바로 돌아온 거라고 솔직하게 다 얘기하고 당신이 아까 대화 끝나자마자 30초만에 잠든 거라고 따졌다. 그랬더니 아내가 어디서 거짓말을 해서 날 속이려는 거냐며 불같이 화를 냈다. 그 말을 들으니 내가 몹시 잘못한 것 같은 생각이 들어서 미안하다고 사과하고 밥을 완전히 다 차린 다음에 다시 아내를 부르러 갔다. 아내는 예상했던 대로 또다시 잠들어 있었다. 이게 다 내 부덕의 소치인 것 같아서 몹시 깊은 죄책감이 느껴졌다.

사과 2

아내는 내가 노래 몇 소절만 흥얼거려도 5분쯤 뒤에 자기도 모르게 따라 부르는 경우가 많다. 그걸 보고 내가 "금방 내가 불렀던 건데 또 따라 부르네ㅋㅋ" 하고 웃으면 멋대로 자기 정신에 침입하지 말라며 화를 낸다. 그저께는 아내 혼자서 노래를 흥얼거리다가 문득 흠칫 놀라며 멈추더니, 나를 노려보며 또 멋대로 자기 정신을 조작한 거냐고 화를 냈다. 이번에는 내가 안 불렀다고 해명해봤지만 아무런 소용이 없었다. 결국 미안하다고 사과했다.

안경 20년

나는 초등학생일 때부터 안경을 쓰고 싶어 했다. 안경이라는 아이템을 처음 본 순간부터 너무나도 고풍스럽고 멋지고 지적이라 느껴져서 반 아이들이 안경 쓰고 다니는 모습을 보면 그게 그렇게 부러울 수가 없었다. 하지만 다행인지 불행인지 너무나도 건강한 안구를 타고 태어난 탓에 내 맨눈 시력은 양쪽 다 1.3을 넘어설 정도로 성능이 좋았고, 이 원하지 않은 건강한 시력은 고등학교에 진학할 때까지 계속 이어졌다.

그러던 고등학교 1학년 무렵의 어느 날. '아아 나는 이렇게 평생 안경 한번 못 써보고 삶을 마감하게 되는 걸까…' 하는 실의에 빠져 등교를 하던 길에 땅바닥에 떨어진 안경을 발견하게 되었다. 그것은 마치 하늘에서 나에게 내려준 것처럼 새것같이 깨끗한 안경이었다. 안경집도 없이 이렇게 온전한 상태로 나

혼자 걷고 있는 골목길에 안경이 떨어져 있다는 것이 마치 신의 계시처럼 느껴져 나는 주저 없이 안경을 주워 들고 그날부터 그 안경을 쓰기 시작했다.

평소 안경을 안 쓰던 내가 뜬금없이 안경을 쓰고 등장하자 반 친구들이 "어? 너 눈 나빴냐?" 하고 물어보곤 했는데 솔직하게 '도수도 맞지 않는 안경을 멋부리려고 주워서 쓰고 있어'라고 대답하는 게 부끄러워서 "아니 뭐… 허허… 그게 어쩌다 보니 그렇게 되었네…" 하고 얼버무리고 넘어갔다.

그 안경을 쓰고 다니며 며칠 동안은 분명 몹시 기쁘고 만족스러웠던 걸로 기억한다. 하지만 얼마 지나지 않아 부작용이 생기기 시작했다. 일단 도수가 맞지 않는 안경이었기 때문에 주변이 잘 보이지 않았고 안경테가 코를 누르고 귀를 압박하는 감각이 몹시 불편했다. 안경을 쓴다는 것이 이렇게 불편한 것이구나 하는 걸 처음으로 깨달은 순간이었다. 하지만 그래도 '아냐! 나는 안경맨이니깐 견뎌야 해!' 하는 쓸데없는 각오로 거의 석 달 정도를 버텼는데 그불편함을 끝내 참지 못하고 결국에는 안경을 버리기로 하였다. 하지만 그때부터 이상한 일이 일어났다. 안경을 벗었는데도 눈앞의 사물이 또렷하게 보이지 않았던 것이다.

'하하하… 그럴 리가 없을 텐데? 난 맨눈 시력이 1.3이라고!' 하는 긍정적인 마음으로 대수롭지 않게 넘어가려 했으나 그 시점부터 시력이 급격히 나빠지기 시작하더니 이윽고 칠판 글씨가 안 보이는 수준에 이르게 되었다. 그래서 어쩔 수 없이 부모님께 솔직히 말하고 안경점을 찾아가 안경을 맞추었다. 주운 안경이 아니라 진짜 내 안경이 생긴 것이다. 하지만 뭔가 '내가 바랐던 미래는 이런 게 아닌데…' 하는 마음 때문에 영 기분이 찝찝하고 안경 장착감이 유독 더 불편하게 느껴졌다.

그렇게 내가 자초한 덫에 걸려 불편한 안경 착용 생활을 지금까지 거의 20년째 해오고 있다. 몇 달 전 문득 안경이 너무 불편하게 느껴져 라섹이든 라식이든 시력 교정 수술을 해서 안경을 벗어버릴까 하는 생각을 했던 적이 있다. 수술비도 비싸고 수술하는 것도 무서웠지만 각오하고 하자면 못 할 것도 아니었기에 거의 하기 직전까지 갔었다. 하지만 결국 하지 않기로 하였다. 그 이유는 다름이 아니라 안경을 벗은 내 모습을 이제는 내가 받아들이지 못하게 되었기 때문이다.

나는 보통 주변인들 사이에서 순하고 부드러운 인상
이라는 평을 많이 받고 있고 이런 내 인상에 나도 만
족하며 살고 있는데 안경을 벗으면 이 인상이 모조
리 사라지면서 얼굴이 날카롭고 투박한 인상으로 변
해버린다. 그런 인상의 변화를 감당할 수가 없었다.
잘생겼다. 패셔너블하다 뭐 이런 미적인 문제가 아
니라 안경을 벗은 내 얼굴이 내가 생각하는 내 인상
과 너무나도 달라서 도저히 받아들일 수 없었던 것
이다. 그래서 결국 시력 교정 수술은 포기하고 지금
도 여전히 안경을 쓰면서 살고 있다.

가족 중에서 안경을 쓰는 사람이 나뿐인 것을 보면
분명 십 대 때의 그 바보 같은 선택 때문에 안경의
길로 들어선 것이 분명해 보이지만 어쨌든 지금의
나는 안경 쓴 내 얼굴이 꽤 마음에 든다. 여전히 안
경은 불편하지만 그것 하나만은 다행이라고 생각하
고 있다.

불치병

몇 달 전부터 밥만 먹으면 콧물이 줄줄 나오는 증상이 있어서 이비인후과에 갔더니 의사 선생님께서 혈관성 비염이라고 하셨다. 어떻게 치료해야 하는지 여쭈어봤더니 치료 방법은 없다고 하셨다. 뭐냐 이 뜬금없는 불치병은. 앞으로 중요한 식사 자리에서 코를 계속 풀게 되면 병약한 표정을 지으며 "크웅… 킁… 죄송합니다… 제가 불치병이 있어서…" 이러면서 쓸쓸한 미소를 지어야 하는 건가.

양산

원래부터 햇볕에 약한 타입이었지만 최근에는 현기
증이 나기 시작해서 양산을 구매하기로 하였다. 대부
분의 양산이 아가씨 디자인으로 나오기 때문에 서른
넘은 남자가 들고 다니는 것이 몹시 곤란할 듯하여
양산에 조예가 깊은 동료 여직원분의 도움을 받아서
그나마 무난해 보이는 디자인으로 주문을 하였다.
근데 막상 받아보니 그래도 너무나 여성스러운 디자
인처럼 느껴지길래 과연 이걸 내가 쓰고 다녀도 괜
찮은 걸까 하는 걱정이 들었다. 그래서 주문할 때 도
와주신 동료분께 가서 보여드리며 물어보았다.

"저, ○○ 씨.
저 같은 서른 넘은 더러운 남자가
이런 귀여운 양산을 써도 정말로 괜찮은 걸까요?"

동료분께서는 생긋 웃는 얼굴로

"네. 괜찮다고 생각합니다^^"

라고 대답해주셨다.

역시…

앞의 내용은 부정하지 않으시는구나.

숨은 의도

자신의 업무 실수를 사과하는 동료분에게는
내가 발휘할 수 있는 최대한의 친절로
누구나 그럴 수 있는 실수니
괜찮다고 대응하려고 노력하는 편인데
사실 그 행동에는

'그러니까 다음번에 제가 실수하면
한번 봐주세요'라는 의도가 숨어 있다.

로즈메리 일병

군 생활을 하던 시절에 내 보직은 행정병이었다. 어
느 부대나 마찬가지겠지만 내가 근무하던 곳도 사람
은 부족한데 업무는 과도하게 많아서 매일매일 야근
을 하며 쉴 새 없이 워드프로세서로 문서를 찍어내
야 했다. 어느 날 내가 근무하던 부서를 총괄하던 간
부 장교가 그런 내 모습이 딱해 보였던지 휴가를 다
녀오면서 선물이라며 조그만 로즈메리 화분 하나를
건네주었다. 평소 허브에 대한 로망도 있었고 로즈
메리 자체가 워낙 향이 강한 허브라 대단히 기분이
좋았다.

즉시 로즈메리에 이름표를 붙여주고 선물 받은 날짜
를 부대 전입일로 계산해서 계급도 부여하였다. 육
군 규정에 의한 진급 날짜가 될 때마다 계급장을 바
꿔서 붙여줄 정도로 로즈메리를 극진히 대우하며 보
살폈다. 내가 상병쯤 되니 로즈메리는 일병이 되어

있어서 신병이 전입해 올 때마다,

"이 식물이 너보다 계급이 높단다"

하고 신병들에게 소개해주곤 했다. 그렇게 시간이
흘러 부대에 로즈메리 일병보다 계급이 낮은 인간
병사들이 잔뜩 늘어났을 무렵, 한겨울에 일주일 동
안 추위를 견디는 훈련을 하게 되었다. 행정병도 훈
련에 열외가 없기 때문에 나도 당연히 일주일간 산
에서 먹고 자며 지냈다. 로즈메리 일병이 걱정되긴
했지만, 허브가 일주일 물 안 준다고 죽거나 하진 않
기 때문에 크게 신경 쓰지 않았다.

하지만 훈련을 마치고 부대에 복귀한 나는 충격적인
현실을 마주하고 말았다. 로즈메리 일병이 얼어 죽
어 있었던 것이다. 일주일 동안 난방을 전혀 하지 않
은 사무실 창가의 추위가 생각보다 혹독했던 듯했
다. 진한 녹색으로 빛나던 잎이 거무죽죽하게 죽어
있는 모습을 보니 너무 가슴이 아프고 괴로웠다. 혹
시나 해 난로 옆에 가지고 가서 물도 주고 이것저것
애써봤지만 로즈메리는 끝내 살아나지 못했다.

워낙 정성 들여 키우던 식물이라 그런지 그렇게 로

즈메리 일병이 죽고 난 후 나는 우울증을 앓게 되었
다. 밥도 잘 안 먹고 표정도 어둡고 간부가 불러도
대답도 잘 안 하고. 아마도 심각해 보이는 상태였을
거라고 생각한다. 보다 못한 간부가 새 걸로 하나 사
준다고 얘기했는데, 사실상 그 로즈메리가 아니면
의미가 없었기 때문에 사주지 않아도 된다고 대답했
다. 그러자 그 간부는,

"ㅋ 너 여자같이 왜 이러냐?"

라고 말했고, 그 말은 나를 몹시 화나게 하였다.

'그게 여자랑 무슨 상관이야!
로즈메리가 죽었는데!
그게 여자랑 무슨 상관이냐고!'

하지만 세월이 약이라고 시간이 흐름에 따라 나는
다시 마음의 안정을 되찾게 되었고, 별 탈 없이 무사
히 군 생활을 마칠 수 있었다. 하지만 그때의 충격이
꽤 컸기 때문인지 나는 요즘도 식물을 키우려고 하
지 않는다. 선물을 받으면 어쩔 수 없이 키우긴 하지

만, 내가 능동적으로 나서서 뭔가를 키울 마음이 전혀 들지 않는다. 동물보다 덜하긴 하지만 어쨌든 아끼던 생물이 죽는 것을 보는 것은 몹시 괴로운 일인 것이다.

커피 충동

지난주 월요일 아침, 눈을 뜨자마자 웬일인지 커피를 마시고 싶은 충동이 강하게 느껴졌다. 보통 눈 뜨자마자 커피를 마시고 싶어 하는 경우가 거의 없는 나로서는 몹시 드문 일이었다. 그런데 원두를 갈고 물을 끓이고 드립 포트에 옮겨 담아 드리퍼에 내릴 과정을 생각하니, 지각할 것 같아 일단 그냥 집을 나섰다. 출근하는 길 내내,

'아 빨리 회사 가서 커피 마셔야지'

라는 생각을 하면서 갔는데 어찌 된 일인지 회사에 도착하자마자 이 욕구가 씻은 듯이 사라져버렸다. 더 놀라운 것은 이런 충동 사이클이 화요일에도, 수요일에도 똑같이 일어났다는 것이다. 그래서 목요일에는 어떻게든 신호가 왔을 때 커피를 마시기 위하여

알람을 앞당겨서 평소보다 30분이나 일찍 일어났다. 알람 소리가 따르릉 울리자마자,

"좋았어. 커피."

하면서 벌떡 일어났는데 그날 아침은 또 커피가 전혀 마시고 싶지 않은 것이었다. 아침 커피 충동 유행이 지난 건가 하는 생각에 아쉬워하면서 다음 날인 금요일에는 앞당겼던 알람 시간을 정상으로 돌려놓고 평소처럼 일어났다. 근데 이날은 또다시 월, 화, 수 아침때처럼 강렬하게 커피를 마시고 싶은 충동이 이는 것이었다. 이쯤 되니 나는 너무 짜증이 나서,

"이 자식 넌 마시지 마… 마시지 말라고…"

라고 중얼거리며 세수를 마치고 출근길 지하철 안에서도 '커피 그거 먹어서 뭐 하려고? 돈 들고 귀찮고 그런 거 뭐 하러 마시는데?' 하는 마음으로 계속 커피와 스스로에게 짜증을 내면서 회사에 도착했다. 그런데 이날은 회사에 도착해서도 커피를 마시고 싶은 충동이 계속 유지되는 것이었다. 그래서 사무실

에 들어가자마자 바로 커피를 마셨는데 정말 만족스러웠다. 황홀경을 느끼며 커피 한 잔을 다 비우고 난 후 진이 빠져서 잠깐 〈내일의 죠〉의 '하얗게 불태웠어 포즈'로 자리에 앉아 있었다. 만족감을 느끼며 문득, 인생이라는 게 원래 이렇게 사소한 일조차도 마음먹은 대로 되지 않는 건가 하는 생각이 들었다.

악플

창작물을 처음 공개할 때는 악플을 가장 두려워했었는데 막상 공개해보니 가장 무서운 적은 무관심이었다. 악플은 어느 정도 성취를 이루고 모객에 성공한 사람들이 받는 것이었다.

남매 고찰

이십 대 동료 한 분이 학생 시절에 했던 게임 얘기
를 하시다가 그런데 본인은 피시방에 거의 안 갔다
고 하길래 부모님이 못 가게 하셨냐고 물었더니, "아
니요. 피시방에 가면 항상 오빠랑 오빠 친구들이 있
었는데 그거 보는 게 너무 싫어서 안 갔어요^^"라고
대답하셨다. 도대체 친남매란 무엇인가.

관심의 총량

팔로워가 엄청 많은 분의 SNS 계정에 찾아가 댓글을 보고 있으면 무라카미 하루키 님이 말했던 '유명해진 다는 것은 자신에 관한 호의와 악의의 총량을 양방 향으로 비약적으로 확대하는 일이다'라는 말이 절로 떠오른다.

별명

과거 팀원들끼리 서로를 별명으로 부르는 문화를 가진 개발팀에서 근무했던 적이 있다. 입사하자마자 다짜고짜 별명을 지으라길래, "그런 거 없는데요" 하면서 우물쭈물했더니 보다 못한 어느 동료분이 나서서 대신 지어주셨다. "흠…. 백씨(본명) 성에 시나리오 직군이니 대충 '백 작가'라고 하면 되겠다. 그런데 백 작가는 너무 딱딱한 느낌이니 뒤에 한 글자를 빼서 백작이라고 부르자"라는 흐름으로 금방 별명이 지어졌다(수동태). 그런데 막상 팀원분들과 대화를 시작하니 나한테 말을 걸 때마다,

"저, 백작님… 부탁드릴 일이 있습니다."
"백작님? 이 메시지는 어떻게 처리할까요?"
"백작님. 커피 한잔 어떠신지요?"

같은 의도하지 않았던 분위기가 형성되어 다들 서로
몹시 당혹스러워했던 기억이 있다.

최상급 작명

이 직군 종사자라면 피할 수 없는 숙명이겠지만 앉은 자리에서 온종일 아이템 이름만 짓고 있으면 정신이 아득해진다. 누군가 아이가 태어나서 이름 좀 지어달라고 하면 나도 모르게, "최상급 태고의 철수는 어떨까요?"라고 대답해버릴 것만 같다.

냉혹한 회사원

한때는 일하다가 배가 고프면 간식을 사러 갔었는
데, 갈 때마다 나 혼자만 먹는 게 눈치 보여서 팀원
들 거를 다 사 오거나, 어쩔 땐 부담되어 한 개만 사
서 몰래 먹고 들어왔던 순수했던 시절이 나에게도
있었지만, 지금은 내 것만 사서 당당히 들어와 혼자
호록 먹거나 좋아하는 동료분 책상에만 올려놓고 오
는 냉혹한 회사원이 되었다.

몸이 두 개였으면
좋겠다고 생각하지만

바쁠 때는 몸이 두 개였으면 좋겠다는 상상을 종종 하곤 하는데 상황을 좀 디테일하게 생각해보면 밥도 두 번 먹어야 하고, 옷도 신발도 두 벌씩 사야 하고, 세탁이랑 설거지도 두 배고 뭐 이래저래 유지비가 만만치 않은 듯하다.

역시 세상에 공짜란 없는 것이다.

서열 정리

퇴근 후 네 살 연상의 아내와 밥을 먹는데
아내가 갑자기 젓가락질을 멈추며,
"그러고 보니 너 평소에 날 부를 때 뭐라고 부르지?"
라고 묻길래 "뜬금없이 무슨 소리야?
이름으로 부르잖아? ○○야 하고."

그랬더니 무서운 눈으로 바라보며
"이 건방진 놈이… 버릇없이…"라고 했다.

공식 석상에서는 사령관님이라고
부르고 있습니다.

책을 싫어하는
사람은 없다

학창 시절 아주 잠깐 순수 문학도를 꿈꾸며 이해하
지도 못하는 세계문학들을 읽어나가던 때가 있었다.
나는 남고를 나왔었는데 그 당시 어째서인지 책을
읽는 나를 좋지 않은 시선으로 바라보며 매번 공격
적인 말을 던지던 아이가 있었다. 그날도 괜히 다가
와서,

"또 책 읽는 척하고 있냐? ㅋㅋ"

하고 감정을 긁고 갔다. 그때 나는 무슨 생각이 들었
는지 그렇게 말하고 돌아가는 애의 어깨를 잡아 세
워 이걸 한번 읽어보라며 책 한 권을 건넸다. 그 애
는 뜬금없이 뭘 보라는 거냐며 거절했지만 나는 건
넨 책의 한 페이지를 펼치며 여기 이 부분만이라도
좋으니 한번 읽어보라고 얘기했다.

그때 건넨 책이 헤르만 헤세의 《지와 사랑》이었는데 야한 장면 묘사가 꽤 많이 나오는 소설이었고, 내가 펼친 페이지도 그런 부분이었다. 처음에는 거절하던 그 아이도 몇 문장을 훑어보더니 동공 지진을 일으키며 근엄하고 진지한 표정으로 "잠깐 읽어보고 오겠네 친구" 하고 책을 들고 갔다. 그렇게 《지와 사랑》을 읽고 감명을 받은 그 아이는 그 책을 다른 친구들에게 돌리기 시작했고, 평소 책이라고는 전혀 인연도 없을 것 같은 아이들이

"헤르만 헤세 최고야!"
"세계문학 굉장해!"
"헤르만 헤세 쩐다!"

같은 말을 외치며 순수 문학 작품을 돌려보는 진풍경이 펼쳐졌다. 놀랍게도 그중에는 소위 불량 학생이라 분류되는 공부와 담을 쌓고 지내는 아이들도 다수 포함되어 있었다. 그 일이 있고 난 뒤 그 아이는 더 이상 책을 읽고 있는 나를 공격하지 않게 되었다(가끔 또 좋은 작품이 있으면 추천해달라는 말은 하고 갔다). 그때의 경험으로 나는 어떤 내용이냐가 중요할 뿐이지 책

을 싫어하는 사람은 없다고 확신하게 되었다.

물론 지금도 그렇게 생각한다.

증명사진

물건 찾을 일이 있어서 구석에 방치해두고 오랫동안 쓰지 않고 있었던 서랍장을 열었다가 내 증명사진을 모아둔 비닐 팩을 발견했다. 각각 다른 시기에 찍은 사진들이 서로 뒤섞여 있길래 지그소 퍼즐을 맞추는 것처럼 나이대 순서에 맞게 배열해보았는데 얼굴의 늙음이 너무 확연하게 차이가 나서 생각보다 쉽고 빠르게 맞춰볼 수 있었다.

다 맞추고 나서 뿌듯한 보람과 늙어가는 섭섭함을 동시에 느끼던 중 문득 나이대별로 찍은 증명사진의 공통점을 발견하고 놀라고 말았다. 모든 사진이 한결같이 잔뜩 긴장하고 굳어 있는 표정과 경직된 자세로 찍혀 있었기 때문이다. 아니 뭐 눈앞에 사진기를 들이대면 긴장하는 것은 자연스러운 반응이지만 내가 찍은 증명사진들은 그걸 감안하더라도 좀 심하게 굳어 있는 느낌이었다(사진사가 총을 겨누고 있었던 게 아닐까 하는 생각이 들 정도로).

그런 딱딱한 사진들이 영 마음에 들지 않고, 사진을 그렇게밖에 찍지 못한 과거의 나(들)에게도 실망감이 들어 오늘 외출한 김에 사진관에 들러서 증명사진을 새로 찍기로 결심했다.

사진사님이 안내해주시는 대로 외투를 벗고 조명이 설치된 의자에 앉았다. 어깨에 힘을 빼고 자연스럽게 살짝 웃으며 카메라를 바라보고 있으니 과거의 나(들)은 왜 고작 이런 게 안 돼서 그렇게 딱딱한 사진들만 남겼을까 싶어 답답하고 한심한 기분이 들었다. 그런데 카메라를 세팅하시던 사진사님께서 셔터를 누르지 않고 뭔가 못마땅한 표정으로 나를 바라보시더니, 고개를 숙이고 목을 돌리고 하는 식의 자세교정을 주문하기 시작하셨다. 그런데 이 교정 지시가 한 번에 끝나지 않고 계속해서 '조금 더 돌려라, 조금 더 숙여라' 하는 식의 추가 주문이 들어왔다. 그렇게 조금씩 계속해서 수정을 당하다 보니 내가 뭔가 제대로 못 하고 있다는 기분이 들어서 나도 모르게 마음이 위축되고 몸이 긴장되었다.

그렇게 수차례의 수정 끝에 결국 촬영이 완료되긴 했으나 사진을 받아보니 과거에 찍었던 증명사진들과 영락없이 똑같은 포즈로 찍혀 있었다. 그제야 비로소 과거의 나(들)이 어째서 이런 딱딱한 포즈로 찍을 수밖에 없었는지 이해가 되면서 화내고 한심하게 생각했던 게 미안해졌다.

기억나진 않지만 분명 지금과 똑같은 일을 계속해서 당해왔던 거겠지. 지금은 재촬영할 경제적 여유가 없기 때문에 추후 몇 년간은 이 사진을 계속 사용할 듯하지만, 다음번에는 자세연구를 하든 찍히는 사람의 마음을 편하게 해주는 사진관을 찾든 해서 좀 더 자연스러운 증명사진을 남겨두고 싶다. 뭐, 죽기 전에는 기회가 있지 않을까.

시작하기도 전에
실패하는 연애

자랑은 아니지만 나는 내 연애 역사에서 연애를 시작했다가 실패한 경험보다 시작하기도 전에 실패한 경험이 훨씬 더 많다. 어떤 성장 경험의 결과인지는 알 수 없지만 나는 어렸을 때부터 여자아이들 집단에 같이 어울리는 게 별로 어렵지 않았고(오히려 좋았음) 그 스탠스가 성인으로 공식 인정받을 수 있는 날까지 이어져 스무 살이 넘어서도 별로 어렵지 않게 어른인 여자 사람과 친해질 수 있었다.

그래서인지 몰라도 나는 스스로 연애도 잘할 수 있지 않을까 하고 생각했었는데, 그런 근거 없는 예상과는 상반되게 내 앞에 닥친 연애 현실은 대단히 가혹했다. 고백하는 즉시 바로 다 차였기 때문이다. 그냥 얼굴 두세 번 본 상태에서 고백한 게 아니라, 충분히 가깝고 친해진 상태에서 일어난 일이라는 점이 나를 더욱 괴롭게 만드는 부분이었다.

거절하는 이유는 대부분 '남자다움이 느껴지지 않는다'라는 것이었다. 처음에는 그냥 외모나 성격이 마음에 안 드는데 솔직하게 얘기하면 상처받을 것 같아서 저렇게 둘러서 얘기하나 싶었는데 거절당할 때마다 항상 저 이유가 나오니까 진지하게 '내 남성성에 무슨 문제가 있는 게 아닐까?' 하는 생각이 들기 시작했다. 하지만 정확히 어떤 부분에 문제가 있는 것인지 도저히 알 수가 없었다.

보통 남자들보다 말하는 것도 듣는 것도 조금 더 좋아하는 편이라 수다 파티에 잘 낀다는 부분이 좀 걸렸지만, 단지 그 이유로 고백한 상대가 내 손과 뺨을 어루만지며 "너랑은 조금의 거부감도 없이 스킨십할 수 있어. 그런데 두근거린다거나 하는 이성에 대한 감정이 전혀 느껴지지 않아"라고 대답하는 현실을 납득할 수 없었다. 주변 사람들에게 조언도 구해보고 했으나 "그래, 네가 좀 남자다운 면이 없긴 하지" 같은 애매한 대답만 돌아왔고(그건 결과이지 원인이 아니잖아) 나는 내 남성성 결함의 명확한 원인을 알아내지 못한 채 시작도 하기 전에 끝나는 연애를 반복하다, 슬슬 사실 연애를 할 수 없는 운명을 타고난 거라고 생각하며 연애를 포기하는 상태가 되었다.

그런데 해결책은 의외의 방향에서 나타났다. 그 남자답지 않은 부분을 좋아해주는 여자 사람이 있었던 것이다. 그래서 감사한 마음을 가지고 장기 연애를 하다가 결혼하게 되어 겨우 더 이상 연애 문제로 고민하지 않을 수 있는 상태가 되었다.

아직도 여전히 그 남자답지 않은 원인의 요체는 정확하게 알아내지 못하고 있지만, 이런 식의 해결 방법도 있으니 만약 같은 문제로 고민하는 사람이 있다면 참고가 되었으면 좋겠다.

3부

오늘은,
내 편이 필요해

외로움을 견뎌내는 능력은
아킬레스건 같은 거라서
좀처럼 단련할 수 없다.

상냥한 고슴도치의 딜레마

상냥한 고슴도치는
통각이 예민하게 발달되어 있어서
상처를 입힐 때도
상처를 받을 때도
남들보다 몇 배나 더 심한
통증을 느끼며 괴로워한다.
그래서 일찍부터
자신이 타인에게 상처를 입힐 수 없고
타인도 자신에게 상처를 줄 수 없는
안전한 거리를 찾으려 애쓴다.
'이 정도면 안전하겠거니'라고 생각했던
간격에서 찌르거나 찔리게 되면
다음번 안전거리를 계산할 때는
더욱 넉넉하게 간격을 둔다.
그렇게 점점 안전거리를 넓혀가다

마침내 누구도 상처 입히지 않고

누구에게도 상처받지 않을 수 있는

안전한 반경을 찾아낸다.

하지만 안전반경을 지키는 이상

그 누구와도 안전반경 이상 가까워질 수 없다.

상냥한 고슴도치는

그렇게 상처 없는 고독 속에서

외로움이라는 가장 뾰족한 가시에

결국 마음의 가장 아픈 곳을 찔리고 만다.

어둠을 겪어본
사람의 상냥함

사회생활을 하다 보면 다양한 사람들을 만난다.
나에게 상식인 것이 상식이 아닌 사람도 있고,
나에게 비상식인 것이 상식인 사람도 있다.
나와 결이 비슷한 사람은 있을지언정
같은 사람은 단 하나도 없다.

모두 다 다른 사람이다.

그 다양한 사람 중에서
내가 가장 매력을 느끼는 군상은
삶의 바닥에 떨어져본 적이 있지만
온화하고 상냥한 사람들이다.
지독한 가난에 시달려본 적이 있든
재능의 한계에 절망해본 적이 있든
사업에 실패해서 패배자 딱지가 붙어본 적이 있든

믿었던 사람에게 버림받았던 적이 있든
동경하던 분야의 실상에 실망해본 적이 있든
어떤 형태로든
삶의 밑바닥 깊은 곳까지 떨어져서
그곳에서 뒹굴며 그곳에 존재하는 힘듦을
직접 겪어봤지만
그럼에도 타인에게 상냥하고 친절할 수 있는
그런 사람들에게 매력을 느낀다.
그런 사람들이 보여주는 친절은
따뜻함의 깊이가 너무나도 깊어서
나도 모르게 마음을 열게 된다.
그 친절은 어둠을 겪어본 적이 없는
사람들의 친절과는 확연히 다르다.
바닥에 떨어져본 적이 없는 사람의
눈이 부시도록 청명한 밝음도
그 계열만의 매력이 있다고 생각하지만,
그래도 나는 역시 바닥에 떨어져봤던 사람이 좋다.
삶의 어둠을 아무렇지도 않게 직시하며 미소 짓는
그 초연한 상냥함이 몹시 좋다.

아버지 이야기

이 세상에 이상한 사람들이 참 많지만 그중에서도 우리 아버지는 정말로 이상한 사람이었다. 어떤 점이 이상하냐고 물으면 어디서부터 말을 꺼내야 할지 모를 정도로, 정말 너무나도 이상한 점이 많은 사람이었다.

정수기도 생수도 거부하고 불편한 몸을 이끌고 항상 별로 깨끗해 보이지도 않는 약수를 마셨고, 그 약수를 뜨러 매일 아침 불편한 몸을 이끌고 산에 올랐다. 저장 강박증이라는 편집증이 있어서 항상 집 안에는 어디서 주워 온 물건들이 가득했고, 왜 쓰지도 않을 물건을 계속 모으냐고 물으면 다 쓸 곳이 있으니 묻지 말라고 짜증을 내셨다. 비닐도 뜯지 않은 새 우산이 열 개도 넘게 있는데도 항상 주워 온 구멍 나고 구부러진 우산을 쓰고 다녔고, 새 신발을 사 드려도 항상 어디선가 주워 온 다 떨어진 신발을 신고 다니셨다.

그게 너무 부끄럽고 화가 나서 몇 번이나 말렸지만 그럴 때마다 이게 다 절약이니 어쩌느니 하는 아무런 논리도 없는 노성을 질러서 도저히 대화가 이어지질 않았다.

한 날은 아버지가 아파트 옥상에 본인이 키우는 화분들을 잔뜩 채워놓아서 아파트 주민들과 분쟁이 생긴 적이 있었다. 아파트 옥상은 공용 공간인데 왜 혼자서 다 점거하느냐는 것이 아파트 주민들의 불만이었다. 아버지는 어차피 다들 안 쓰는 거 내가 좋은 데 쓰고 있는데 뭐가 불만이냐는 입장을 고수하셨고, 결국 주민들은 강제로 옥상에 있는 아버지의 화분들을 내다 버렸다. 그 일로 격노한 아버지가 나한테 전화를 해서 아파트 주민들을 욕했을 때 나는 무슨 말을 해야 할지 몰랐다. 왜냐하면 명백히 아버지가 잘못한 일이 맞기 때문이었다. 이런 식으로 아버지는 이웃 주민들과 자주 다투었고, 주민들은 아들인 나에게 전화를 걸어 아버지에 대한 불만을 얘기해 몇 번이나 중재하러 시골에 내려갔었다.

직장에 다니면서 휴가를 쓰거나 휴일을 반납하고 지방에 내려가 동네 사람들의 욕을 먹고 오는 일은 그

다지 유쾌하지 않았기 때문에 나는 매번 스트레스를 받았다. 전화벨이 울릴 때마다 흠칫흠칫 놀랄 정도로 스트레스였다. 그런 아버지의 이해할 수 없는 소신 중에서도 가장 이해할 수 없던 부분은, 외상外傷을 두려워하지 않는 점이었다. 젊은 시절 교통사고를 크게 당하셔서 몸 이곳저곳에 영구적인 장애가 남았음에도 불구하고 이상하게 자신의 몸이 튼튼하다는 자신감에 가득 차 계셨다. 반면에 질병으로 고생하신 적은 한 번도 없었으면서 언제 질병에 걸려 죽을지 몰라 항상 두려워하셨다.

큰 사고가 난 이후에도 딱히 차량을 별로 무서워하지 않고 아무렇게 다니시다 교통사고를 여덟 번 넘게 당하셨다. 그중 몇 번은 아주 큰 수술을 해야 했기에 돈도 많이 들고 병수발도 하느라 아주 고통스러웠다. 하지만 그래도 아버지는 여전히 차를 두려워하지 않았고, 오히려 질병으로 죽을지 모르겠다는 공포감에 항상 휩싸여 있었다. 그래서 가시오갈피니 홍삼이니 하는 보양식을 기를 쓰고 챙겨 드셨다. 큰 질병으로 고생하셨던 적이 한 번도 없었음에도 말이다. 이렇게 아버지는 뭔가 전체적으로 전혀 논리도 없고 합리도 없는 자기만의 원리원칙을 지키며 살아가는, 참으로 이해하기 힘든 분이었다.

그러다 새벽에 아버지가 교통사고를 당하셨다는 연락을 받았다. 나는 전화를 받자마자 인상을 팍 찌푸렸다. '아이고 또 시작이네! 또 시작이야' 하는 기분이었다. 이번에는 또 어디를 다쳤고 병원비가 얼마나 들고 휴가를 또 얼마나 써야 하고 지방에 몇 번이나 내려갔다 와야 하나. 일련의 고행들이 머릿속을 스쳐가며 마음을 괴롭혔다. 하지만 전화기 너머에서 들려온 내용은,

"현장에서 즉사하셨습니다."

한마디였다. 그 말을 듣는 순간 멍해졌다. 이해가 되지 않아 몇 번이나 눈을 끔뻑거리며 말을 더듬었다. 사망하셨다는 사실을 받아들이기까지 몇 분이나 더 시간이 걸렸던 걸로 기억한다. 교통사고를 그렇게 많이 당하면서도 매번 자신의 몸이 튼튼하다고 호언장담하던 그 비논리적인 말을 어쩌면 나도 은연중에 믿고 있었던 게 아니었나 싶었다. 그래서 요번에도 어딘가를 다치고, 수술을 하고, 나를 괴롭히고 끝날 거라고 당연히 그렇게 될 거라고 믿고 있었는데….

영안실에 도착해서 아버지의 시체를 확인했다. 아집과 자신에 대한 확신으로 똘똘 뭉쳐 있던 고집스러운 얼굴은 아무런 표정도 띠지 않은 채 멍하니 풀려서 차갑고 딱딱하게 굳어 있었다. 손을 만져봤는데 너무 딱딱하고 차가워서 순간, '정말로 아버지가 맞는 건가' 하고 의심했던 기억이 난다. 뭔가 이 상황 자체가 '어? 그럴 리가 없는데?' 하는 마음으로 잘 받아들여지지 않아서 계속 멍한 정신으로 서 있다가 돌아왔다.

시신을 확인하고 돌아와 밥을 먹었다. 그리고 근처에 마련한 숙소에서 잠을 자려고 누웠는데 문득 그런 생각이 들었다. 아버지는 생전에 다른 사람은 절대로 이해할 수 없는 논리로 행동하였지만 어쨌든 자신이 세운 원칙은 철저하게 지키는 사람이었다. 만나기로 하면 약속 장소에 항상 30분 일찍 도착하셨고, 극도로 돈을 아끼고 평소 베풀지도 않았지만 주변인의 생일을 항상 외우고 다니며 칼같이 선물을 주셨다. 밥을 사 먹거나 신발을 사거나 하는 작은 소비에는 인색했지만 학자금 같은 큰돈은 아무런 고민 없이 선뜻 지원해주셨다.

빚을 지는 것을 극도로 싫어하셨고, 얼마를 언제까

지 준다고 약속했으면 그 약속은 칼같이 지키셨다. 생일이든 제사든 기념일을 잊는 법이 없었다. 매일 매일 일기를 쓰고 날씨를 기록하셨다. 뭔가 다른 사람들은 이해할 수 없는 논리이지만 어찌 됐든 자신이 세운 원칙은 한 치도 어김없이 지키며 살아가는 원리원칙주의자였다.

그런 생각을 하니 한편으로는 이렇게 철저하게 소신을 지키며 살아가는 삶도 드물 텐데 어찌 보면 나름 멋진 것 같기도 하다는 생각이 들었다. 그리고 그 순간 고집스러운 표정으로 사고를 터트리고 나를 괴롭히던 모습과 밀랍 인형처럼 생기를 잃고 영안실에 누워 있는 두 모습이 동시에 떠오르며 나도 모르게 눈물이 났다.

한번 터진 눈물은 멈추질 않았고 갑자기 감정이 북받쳐 올라 소리를 지르며 오열했다. 한 번도 안 울다가 갑자기 그렇게 미친 듯이 울어대니 아내가 놀라서 어쩔 줄 몰라 했다. 사실은 나도 울면서도 내가 갑자기 왜 이 타이밍에 이 생각을 하며 오열하는지는 이해할 수 없었다. 하지만 그럼에도 불구하고 터져 나오는 울음을 막을 길이 없어 한참을 목놓아 울었다. 지금에 와서 돌이켜 생각해보면 남에게 피해를 주는 신념과 원칙이긴 했지만 그런 한 사람의 세계가 그렇게 끝났다는 사실이 너무 허무해서 그랬던 것 같기도 하다.

아버지의 장례를 치르며 눈물을 흘렸던 것은 딱 그때 한 번뿐이었다. 경상남도 끝에 있는 시골에서 치러진 장례라 일부러 지인들에게 알리지 않았다. 그럼에도 불구하고 알음알음으로 소식을 전해 듣고 조의 문자나 조의금을 보내주시는 분들이 계셔서 참 고마웠다. 하얀 종이봉투에 싼, 아직도 화장터의 열기가 새어 나오는 아버지의 유골을 들고 걷는 동안 어찌 됐든 아버지는 마지막 순간까지 자신의 행동이 한 치도 틀리지 않았다는 확신을 가졌을 거라는 생각이 들었다. 뼛가루를 뿌리면서 그래도 그 원칙이 조금은 더 사회적이고 주변에 피해도 덜 주고, 실질적으로 자신의 몸도 잘 보살필 수 있는 원칙이었다면 참 좋았을 텐데 하는 아쉬움이 들었다.

아버지는 살아생전에 자신의 제사를 지내달라고 부탁하셨고, 그 유언은 지킬 생각이다. 하지만 그 제사는 아버지가 원하셨던 것처럼 격식을 제대로 갖춘 전통 제사는 아닐 것이며, 기일에 남은 가족들과 만나 아버지 얘기를 하며 맛있는 식사를 하는 방식으로 지킬 것이다. 아버지가 들으시면 분명 왜 내 원칙을 따르지 않느냐고 화를 내실 것이 분명하지만 '뭐, 제 원칙은 이런 거니까 어쩔 수 없지 않을까요?' 하는 마음이다. 나는 사후 세계를 믿지 않는다. 그리고 아버지는 생전에 많은 분을 힘들게 한 사람이다.

하지만 그래도.

아버지,
저는 아버지께서 부디 편안하게
영면하시길 바랍니다.

무던한 용기

미래에 대한 걱정 때문에 발생하는
불안과 맞서 싸우기 위해
가끔은 뒷일을 생각하지 않고,
흥청망청 현재를 보낼 수 있는
용기가 필요하다.

회식 후 귀갓길

처음 회사원이 되었을 때 너무나도 당연한 일이지만 전혀 예상도 하지 못했던 어려움을 줄기차게 맞이해야만 했다. 가장 예상하지 못했던 당혹스러운 어려움 중 하나는 회식 후 혼자 귀가하는 길에 느껴지는 외로움이었다.

바쁘게 굴러가는 회사에 섞여 돌아가다 보면 외로움을 느낄 새조차 없었는데 이상하게 회식을 마치고 혼자서 돌아가는 길은 그렇게도 외롭고 쓸쓸할 수가 없었다. 처음에는 단순히 와자지껄한 곳에 있다가 갑자기 순간적으로 혼자가 되어 그런 것일 거라고 생각했다. 하지만 연차가 쌓이면서 그것이 원인이 아니라는 것을 알게 되었다. 회식 후 귀갓길에 느껴지는 외로움의 원인은 이 집단에 내가 정상적으로 제대로 소속되어 있는 사람인가 하는 의구심으로부터 나오는 것이었다.

나는 팀에 도움이 되는 사람인가.

저 사람은 나를 싫어하는 것이 아닐까.

저 사람과 친하게 지내고 있다고 생각하지만

혹시 그것은 나만의 착각인 건 아닐까.

이 집단에서 나만 겉돌고 있는 건 아닌가.

집단에 정상적으로 소속되어 있지 않다는 불안감에 휩싸여 기분 나쁜 낙오에 대한 사고를 정신없이 이어가다, 결국 매번 외로움이라는 종착역에 도착하고 마는 것이었다. 하지만 그것을 알았다고 하더라도 어쩔 수는 없었다. 안다고 해서 개선할 수 있는 문제가 아니었기 때문이다. 그래서 그 이후로도 이런 회식 후 귀갓길의 외로움은 몇 번이나 나를 찾아와 마음을 힘들게 하였다.

그러다 세월이 흘러 연차를 더 쌓아나가면서 친했던 동료와 연락이 끊기고, 싫어했던 동료와 다시 인연이 닿고, 견고한 성이라고 생각했던 팀은 산산조각이 나고, 내가 하는 일은 항상 똑같은데도 가는 회사에서 만나는 사람이 누구냐에 따라 우수한 사원이 되었다가 무능한 사원이 되기를 반복하고, 이런 롤러코스터를 계속 타다 보니 사회적 관계라는 것이 내가 애쓴다고 내 의도대로 흘러가는 것이 아니기에 모든 것에서부터 마음을 놓고 집단 소속감에 대한 불안으로부터도 거리를 둘 수 있게 되었다.

나는 최선을 다했고
이렇게 해도 안 되는 것들은
어쩔 수 없는 거라는.

반쯤은 체념에 가까운 정서를 가지게 되었다. 그러다 어느 순간 문득 정신을 차려보니 회식 후 귀갓길에 더 이상 외로움을 느끼지 않는 나를 발견할 수 있었다. 회식 후 귀갓길에 외로움을 느끼지 않는 자신을 처음 자각한 순간, '이것이 혹시 소위 말하는 어른의 강함이라는 건가' 하는 생각이 들었다. 이렇게 체념하고 무뎌지는 것이 강해지는 것이라면 어른의 강함이라는 것은 분명 유용하지만 그렇게까지 멋지고 대단한 일은 아닐지도 모르겠다.

밤을 건넌다

내가 밤을 무서워하기 시작한 것은 이십 대가 되어 혼자 생활을 꾸려나가기 시작했을 무렵부터이다. 한 줌도 안 되는 재능과 능력으로 아무런 경험도 없이 자신을 책임질 수 있는 사람이 자신밖에 없는 세상으로 뛰어드는 것은, 마치 얇은 티셔츠 한 장만 걸치고 맨손으로 야수와 독충이 우글대는 정글로 걸어들어가는 것과 같았다.

당연히 마음먹은 대로 되는 일은 하나도 없었고, 돈을 버는 일은 쉽지 않았으며 매일매일 생존을 걱정해야 했다. 그런 걱정과 불안으로 마음이 가득 찬 날에는 밤이 오는 것이 유독 무서웠다.

해가 떨어지고, 캄캄한 어둠이 깔리면서 그 적막하고 시야가 좁아지는 감각적 경험이 시커먼 물줄기가 되어 밀려와 좁디좁은 원룸을 가득 채웠다. 까치발을 딛고 서서 순식간에 목덜미까지 차오른 시커먼

물을 꼴깍꼴깍 삼키며 오늘은 또 이 밑도 끝도 없이 절망만으로 가득 찬 밤의 강을 어떻게 건너나, 오늘도 무사히 건널 수 있으려나 하는 마음으로 아침이 올 때까지 버텼다.

그 당시의 경험이 강하게 각인된 탓인지 나는 힘들게 지나온 과거에 대해 언급할 때마다 '밤을 건넜다'라는 표현을 자주 사용한다. SNS에 짧은 글을 남길 때도, 일기를 쓸 때도, 회사에서 업무용 글을 쓸 때도 습관적으로 계속 사용한다. 중복 표현을 좀 과도하게 사용하는 것 같아서 의식적으로 다른 표현을 써보려고 노력해봤지만 결국 더 나은 표현을 찾지 못해서 항상 밤을 건넜다, 밤을 건넌다, 밤을 건너야 한다고 쓰고 만다. 적어도 내 삶의 세계관 안에서는 그 위태롭고 막막한 정서를 표현할 수 있는 더 나은 말이 없다.

끝나지 않는 싸움

사내 권력 경쟁에서
등을 돌리고
그 죽음의 나선에서 내려오면,
중요한 의사 결정 과정에서
배제되어
스스로 조직에서 중요한 사람이
아니라고 느껴지는
자존감과의 전투가 기다리고 있다.

해로운 기억

샤워를 할 때 가끔씩 '으아' 하고 탄식 섞인 소리를 지를 때가 있다. 샤워 중 유독 괴로운 기억들이 많이 떠오르기 때문이다. 실수했던 일, 부끄러웠던 일, 상처 받았던 일 등이 연쇄적으로 떠오르다 감정의 임계점에 도달하는 순간, 나도 모르게 육성으로 그런 소리를 내버리고 만다.

충격의 강도가 심할 때는 샤워하던 도중 철푸덕 주저앉아 버릴 때도 있다. 그럴 때마다 나는 감당하기 힘들 정도로 고통스러운 기억들을 내가 이렇게나 많이 떠안고 있다는 사실에 놀란다. 샤워를 할 때마다 이런 기억들이 한번에 호출되는 것도 놀랍지만, 평소 이런 기억들이 억눌려 있다는 사실도 놀랍다. 아마도 내 정신적 방어기제가 이런 기억들이 의식의 수면 위로 떠오르지 않도록 억눌러주고 있는 듯하다.

과거의 고통스러운 기억을 안고 사는 사람이 비단

나뿐만은 아닐 것이다. 하지만 다들 아무렇지도 않게 살아나가는 것을 보면 동일한 기능이 작동하고 있음이 틀림없어 보인다.

하지만 이런 기억들의 강도와 양은 사실 의식이 감당해낼 수 있는 수준이 아니다. 그래서 살아가기 위해서는 이런 기억들을 흘려 보내야 한다. 불시에 떠올라 마음의 중심을 공격할 때도 의연하게 흘려 보내야 한다.

요즘은 샤워를 하다가 이런 기억이 떠오르면 물이 빠지는 하수구를 바라본다. 하수구로 빨려 들어가는 물을 바라보며 고통스러운 기억도 함께 흘려 보내는 상상을 한다. 기억은 꼬리에 꼬리를 물고 연쇄적으로 떠오르지만 그럴 때마다 침착하게 하나씩, 하나씩 하수구로 흘려 보내는 상상을 이어간다. 가슴을 찢는 슬픈 기억도, 얼굴이 달아오를 만큼 수치스러웠던 사건도, 마음을 난도질했던 사람의 목소리도, 원하지 않게 상처를 입혔던 사람의 눈동자도. 모두 그렇게 흘려 보낸다. 떠안고 살아갈 수 없는 세월들을 모두, 흘려 보낸다.

그런 것들이
궁금했던 이유

평소에는 아무 생각 없이 잘 지내다가
마음이 위태로워질 때마다
삶의 의미나 목적 같은
해답을 찾기 어려운 논제에 대해
생각하게 되는 것은

어쩌면 진짜로 궁금한 것이 아니라
삶이 너무 괴롭고 힘들어서
그만두어도 괜찮은 이유를
찾고 싶었던 것은 아니었나 싶다.

다 쓴 물건

얼마 전 창고를 비우면서 박스 하나를 발견했다. 메이커를 알 수 없는 조잡한 싸구려 문구류들이 한 번도 사용하지 않은 상태로 잔뜩 들어 있는 박스였다. 그것들은 끼니를 걱정할 정도로 생활고의 극을 달리던 이십 대 중반 무렵에 내가 모아둔 문구류들이었다. 그 당시 형편이 어렵다 보니 뭔가를 구매하고 싶은 소비 욕구를 전혀 해소하지 못했다. 그래서 그 소비 욕구가 쌓일 때마다 문구점에 가서 저렴한 문구류 한두 개씩을 사 오는 일이 그 당시 꽤 즐거운 스트레스 해소법이었다. 그때 틈틈이 모아둔 400원짜리, 500원짜리 문구류들이 작은 박스 하나를 가득 채울 정도로 쌓여서 사용되지도 않은 채 창고 속에 잠들어 있다가 8년이 지난 지금 다시 발견된 것이다. 나는 박스를 열자마자 마음이 몹시 힘들고 기분이 나빠졌다. 전혀 반갑지 않았다. 그 당시의 괴로운 기억들이 떠올랐기 때문이다. 그래서 다시 쓸 것 같은 지우개랑 샤프심 같은 것들만 몇 개 꺼내고 모두 다 버리기 위해 쓰레기통으로 가져갔다. 하지만 막상 버리려고 하니 한 번도 쓰지 않은 물건을 버리는 게 너무 아까워서 쓰레기통 뚜껑을 열고도 선뜻 쏟아 붓지 못했다.

가난의 기억을 버리기 위해 과감하게 처분하기로 결심한 물건을 아까워서 버리지 못하고 있다는 아이러니한 상황이 마음을 더욱 힘들게 했다. 그리고 이렇게 한 번도 안 쓰고 버리게 될 것을 그 당시의 나는 왜 그렇게 기뻐하며 열심히 모았던 걸까 싶어 허무한 서글픔이 파도처럼 밀려왔다.

그렇게 쓰레기통 뚜껑을 연 채로 멍하니 서 있으니, 폐업을 준비하는 문구점에서 800원짜리 샤프를 사 들고 세일 기간에 득템했다며 즐겁고 풍족해진 마음으로 집으로 돌아오던 그날의 기억이 선명하게 떠올랐다.

생각해보면 나중의 일이야 어찌 되었든 간에 적어도 그 당시의 나에게는 그렇게 문구류를 사 모으는 일이 분명 삶의 큰 즐거움이었다. 물건의 사용 여부에 상관없이 구매하는 행위 자체가 목적으로서 완결되는 그런 즐거움이었다. 거기까지 생각이 미치자 마음의 압박이 상당히 느슨해지면서 주저하지 않고 문구류들을 쓰레기통에 쏟아 넣을 수 있었다. 쓰레기통 뚜껑을 닫을 때는 열었을 때보다 한결 마음이 가벼워진 기분이었다.

한 번도 안 쓴 물건들이지만
사실은 이미 충분히 다 쓴 물건들이었던 것이다.

특별한 가족

적어도 나에게 있어서
배우자의 존재가
그 어떤 사회적 관계보다도
더 특별한 이유는,
삶에서 유일하게
내 의지로 선택할 수 있었던
가족이기 때문이다.

명언의 증명

통찰이 담겨 있는 말이나 글귀 중 특별히 인상적인 어떤 것은 가치관에 영향을 끼치거나 삶의 지침이 될 때가 있다. 내가 고등학교 2학년 윤리시간 때 선생님에게 들었던 '좋아하는 일을 하면 돈은 저절로 따라오게 되어 있다'라는 말도 그중 하나였다. 모두 다 부자가 되기 위해 혈안이 되어 있지만 돈은 쫓는 다고 해서 붙잡을 수 있는 것이 아니라 오히려 좋아하는 일에 집중하면 저절로 따라오는 것이니, 자신이 좋아하는 일을 찾아내어 그것에 집중하라는 논지였는데 듣는 순간 잠이 확 깨고 심장박동이 빨라질만큼 멋진 말이었다.

그 말은 내가 고등학교 졸업 후의 진로를 결정하는데 지대한 영향을 끼쳤고, 이후 이십 대의 삶과 가치관을 정의하는 절대 명제가 되었다. 이십 대의 나는 돈은 생각하지 않고 좋아하는 일을 하기 위해 모든 시간을 쏟아부었다. 월세가 밀리고 식빵 한 조각으로 끼니를 때우면서도, 언젠가는 돈이 따라올 것이라는 믿음을 버리지 않았다.

하지만 끝내 돈은 따라오지 않았다.

돈은 돈을 벌기 위한 목적을 가지고 행동했을 때에만 내 손에 쥐여졌다. 좋아하는 일을 한다고 해서 그 일을 잘할 수 있게 된다는 보장도 없었다. 잘하는 일이 있어도 시장이 없으면 돈은 따라오지 않았다. 생존을 위해 허덕이다 겨우 생활고를 벗어난 후 뒤돌아보니, '좋아하는 일을 하면 돈은 저절로 따라오게 되어 있다'라는 말은 완전히 틀린 말이었다. 물론 저 말을 안 들었다고 해서 내 삶이 크게 달라지지는 않았겠지만, 한때 진리처럼 믿고 따랐던 말이라 자신의 경험으로 그것이 틀렸다는 것을 증명하고 확인하는 일은 몹시 큰 상처가 되었다. 가끔 그때 들었던 그 말을 어떻게 고치면 좀 더 나았을까 하는 생각을 해볼 때가 있다.

'일단 무조건 돈을 벌어라.

좋아하는 일은 그다음이다.'

이런 건 자아실현을 새싹 단계부터 잘라내는, 꿈도 희망도 없는 말 같고,

'좋아하는 일을 하는 건 좋은데 먹고살기 힘들겠다 싶으면 빨리 퇴각해라.'

이런 식은 너무 소극적인 태도를 가지게 될 위험이 있다. 이것저것 생각해봤지만 결국 그때 들었던 말을 대체할 수 있는 적절한 말을 찾지 못했다. 삶에는 변수도, 예외도 너무 많아서 어떻게 살면 좋겠다고 정의 내리는 것이 대단히 어렵다. 하지만 굳이 정의를 내려야 한다면,

'좋아하는 일이란 다다익선이니 최대한 많이 경험해보고 그중에서 잘할 수 있었던 것들을 잊지 말고 꼭 기억해두세요.'

정도로 합의해본다. 그래도 좋아하는 일이 잘하는 일이 되기 쉽고, 그 일이 돈을 버는 일로 연결되면

더할 나위 없으니까.

직장인이 장래희망은 아니었지만, 나를 비롯한 꽤 많은 사람들이 직장인으로 살고 있다. 어렸을 적 선생님께 호기롭게 제시했던 꿈은 분명히 이게 아니었는데. 무려 지금은 더 뛰어난 직장인이 되기 위해 노력하고, 경쟁하고, 타인에게 상처 주며 버티고 있다. 그리고 그 대가로 돈을 받는다. 좋아하는 일로 돈을 벌어먹고 살 수 있는 기회도 분명히 있다. 하지만 얼마 가지않아 좋아하지 않는 일로 변할 것임을 나는 잘 알고 있다. 아무리 좋아하더라도, '먹고사는'이라는 약간의 치사함도 견뎌야 하는 당위성이 붙으면 마냥 좋아하는 일이 될 수 없는 것이다. 대체 먹고사는 것이란 뭘까.

문득 궁금하다. 고등학교 시절, 그 말씀을 해주셨던 선생님은 지금 행복하게 잘 지내고 계신지. 그리고 좋아하는 일을 하며 살고 계신지.

도망칠 수 있는 용기

나의 이십 대는 노력가의 성공담을 담은 자기계발서
가 서점가를 휩쓸고 포기하지 않는 끈기가 미덕으로
추앙받던 시기였다. 근성과 노력을 다해 포기하지 않
고 밀어붙이면, 결국 원하는 것을 이룰 수 있으며 도
중에 도망치면 패배자가 된다는 것이 뭔가 상식적인
사회적 담론으로 받아들여지던 시절이었다. 그 당시
나도 저 분위기에 영향을 받아 실패를 거듭하면서도
포기하지 않고 계속해서 부딪혀나가던 때가 있었다.
하지만 이미 내 눈에는 보이고 있었다. 실패를 거듭
하다가 더 이상 돌이킬 수 없을 지경으로 삶이 망가
져버린 사람들이 말이다. 하지만 어떤 상황에서도
포기하지 않는 끈기 담론이 마치 종교적 신념처럼
머리와 마음을 고양시켜, 관측되는 결과들을 무시하
며 계속해서 부딪혀나갔다. 이대로 계속 가면 위험
하다는 경고등이 눈 바로 앞에서 번쩍거렸지만 무시

하고 걸어나갔다. 그러다 어느 날 문득 정신을 차려 보니 여기서 더 무리하면 정말로 죽을지도 모를 것 같은 기로에 서 있었다. 그것은 노력과 끈기 담론으로 정신이 고양된 상태에서도 더 이상 발이 움직여지지 않을 만큼 거대한 위험이었다. 그 위기에 머리를 맞고 문득 자신을 돌아보니 그제야 몸도 마음도 엉망진창이 되어 있는 내가 보였다. 그리고 그 상황에서 기가 막힌 타이밍으로 누군가 살 수 있는 도주로를 열어주었다.

며칠을 고민하던 나는 결국 그 도주로로 도망을 쳤다. 가던 길을 우직하게 계속 가다가는 정말로 죽을 것 같았기 때문이다. 도망갔기 때문에 가까스로 살아남을 수 있었지만, 그 뒤로 삶의 고난 앞에서 내뺀 도망자라는 부끄러움이 항상 나를 쫓아다녔다. 그 부끄러움이 마음을 위축시켜 사람을 만나는 일을 가급적 피했고, 어쩔 수 없이 만나게 되더라도 잔뜩 움츠러들었다.

그런 도망자 생활이 1년 2년 3년 이어졌다. 그러다 어느 날 문득 나 자신을 다시 돌아봤을 때 조금 놀라고 말았다. 새로 선택한 일이 마음에 들었고 재미도 있고 보람도 있었으며, 무엇보다도 다시 몸과 마음의 건강과 정서적 여유를 되찾은 상태가 되어 있었기 때문이다. 도망칠 때만 해도 이대로 영영 남은 삶을 패배자로 살게 될 거라고 절망했었는데, 막상 도망치고 보니 이 길은 이 길 나름대로 상당히 괜찮은 길이었다. 아니 오히려 만족스러운 기분이 들기까지 했다. 이런 마음 상태에서 도망치지 않겠다는 각오로 살던 과거를 반추해봤을 때 가장 먼저 떠오른 생각은 놀랍게도,

'아아… 조금만 더 일찍 도망치는 거였는데…'

였다. 1~2년만 더 일찍 도망쳤어도 조금은 더 수월하고 유리하게 사회의 밀림을 헤쳐나갈 수 있지 않았을까 하는 아쉬움이었다. 하지만 그 당시의 나는 정말로 죽을 것 같은 위험이 닥쳐오기 전까지는 도망갈 수 없었다. 그 이유는 아이러니하게도 도망치는 것이 무서웠기 때문이다. 도망쳐서 패배자가 되는 것이 무서웠다. 도망칠 용기가 없었던 것이다. 하지만 결국 나는 도망을 칠 수 있었고, 세월은 흘러흘러 포기하지 않는 노력과 끈기 담론도 퇴색하여 더 이상 지배적인 사회 분위기로 자리 잡지 못하게

되었다. 이런 상황이 되어 다시 지나간 날들을 돌아
보면 도망쳤다는 사실에 괴로워하는 과거의 나에게
해주고 싶은 말이 참 많다. 만약 딱 한마디만 할 수
있다면 이 말을 해주고 싶다.

너는 삶에서 도망친 게 아니라
차선을 선택했을 뿐이라고.
지금 도망치면 더 많은 것을
얻을 수 있을 거라고.

그리고 아무도
너의 발자국을 신경 쓰지 않는다고.

내 생에 첫 일본 여행

태어나서 처음으로 일본에 갔던 적이 있다. 반평생을 일본 문화에 빠져 살아왔던 나는(주로 만화 게임) 공항에 도착하자마자 완전 대흥분 상태였다. 그동안 일본어는 모니터 안에서만 나오는 소리라고 생각했는데 리얼 월드에서 살아 있는 사람들이 모두 일본어를 능숙하게 하고 있으니, 마치 판타지 세계로 차원을 이동한 고등학생 같은 기분이 되었다.

만화에서만 봐오던 음식을 먹고, 사진으로만 봐오던 거리를 걸으면서 이국적인 정서에 흠뻑 빠져 황홀한 시간을 보내다가 눈 깜짝할 사이에 일정의 마지막 날 밤이 되고 말았다. 귀국 비행기 시간을 한 번 더 체크한 뒤 자려고 호텔에 누웠는데 '으으… 그것도 한 번 더 먹고… 그것도 한 번 더 봐야 해…' 하는 아쉬움이 치솟아 잠을 이루지 못하였다.

아쉬움에 끙끙 앓으며 침대에서 한참을 뒤척이다 과

자라도 몇 개 더 사 가자는 생각이 들어 새벽 두 시에 호텔을 빠져나와 편의점으로 향했다. 그냥 편의점에서 과자를 사는 것뿐인데도 한국에서는 볼 수 없는 흥미로운 것들 천지라 몹시 즐거웠다. 이것저것 꼼꼼하게 챙겨 계산하려고 내려놓는 순간, 계산대를 지키고 있는 아르바이트생의 얼굴을 보고 멈칫했다.

피로와 우울감에 물든 안색과 불안으로 흔들리는 눈동자가 과거 편의점 야간 아르바이트를 하던 내 모습과 놀라울 정도로 비슷하게 느껴졌기 때문이다. '그래. 여기도 사람 사는 곳이니 당연히 누군가는 먹고살기 위해 원하지 않는 힘든 노동을 하고 있겠지' 하는 생각이 얼굴에 찬물을 끼얹은 것처럼 날카롭게 자각되었다. 그와 동시에 일본에 와서 들뜬 마음이 천천히 소멸하기 시작했다.

조금 가라앉은 마음으로 호텔에 돌아와 창밖을 내다보면서 이곳에서도 '누군가는 대학에 떨어지고, 누군가는 생활비가 없어서 야간 아르바이트를 뛰고, 누군가는 재능이 부족해서 하고 싶은 일을 포기하고, 누군가는 실연의 고통을 극복하지 못해 삶이 망가지고, 누군가는 회사에서 잘리고 있겠구나' 하는 생각이 들었다.

조금 울적하고 슬펐지만, 한편으로는 내가 겪어온 것들과 다르지 않은 세계였구나 하는 동질감을 느끼며 마지막 날 밤을 보내고 다시 한국으로 돌아왔다.

세월이 화살같이 흘러 벌써 그날로부터 반년이나 지났는데, '일본 여행 가서 무슨 일이 있었지' 하고 회상해보면 그 피로에 젖은 편의점 아르바이트 청년의 얼굴이 가장 먼저 떠오른다. 다음번에 일본에 또 들른다면 그 편의점에 다시 한번 가보고 싶다. 그곳에서 그 청년의 모습을 찾을 수 없다면 조금 기쁠 것 같다.

숨이 멎는 풍경

보통 아름다운 풍경을 '그것은 숨이 멎을 정도로 아름다운 풍경이었다' 같은 식으로 묘사하는 경우가 있는데, 나는 정말로 너무 아름다운 풍경을 보고 잠시 숨이 멎었던 적이 있다. 군대에 있을 때 나른한 봄날 휴일에 쉬려고 누워 있는데 당직 사령이 떨어진 벚꽃잎을 쓸라고 불러내었다. 땅바닥에 떨어진 벚꽃을 쓸어본 사람은 알겠지만 정말 까다로운 일이었다. 힘을 세게 주면 빗자루에 짓이겨져서 바닥에 달라붙어 버리고, 힘을 살살 주면 잘 안 쓸리기 때문이다. 그리고 기껏 모아놨는데 바람이 한번 불면… (차마 말을 잇지 못함) 개인적으로 제설 작업보다 몇 배나 난도가 높은 작업이라고 생각한다.

그날도 기껏 모아뒀던 벚꽃잎을 바람 한방에 탕진한 뒤, 몰려오는 허망함을 견디지 못하고 잠시 벚나무에 등을 기대고 쉬던 참이었다. 순간 갑자기 내가 서 있던 그 자리에 돌풍이 불었다. 머리 위에서 수많은 벚꽃잎들이 우수수 떨어졌고 바닥의 벚꽃잎은 공중으로 떠올랐다. 눈앞이 온통 분홍빛으로 물들어 시야가 차단되었고, 꽃잎들끼리 부딪히는 '사사사사' 하는 소리에 청각도 차단되었다.

온몸을 부드럽게 휘갈기는 벚꽃 폭풍 속에서 나는 넋을 잃고 서 있었다. 폭풍이 사그라지고 꽃잎들이 다 가라앉는 순간, "허…" 하고 나도 모르게 큰 숨을 내쉬었다. 그 순간 내가 숨을 쉬지 않고 있었다는 것을 깨달았다. '숨이 멎을 정도로 아름다운 풍경이었다'라는 묘사가 물리적으로 정말 가능한 것이었음을 그때 처음 알았다. 제대한 이후에도 혹시나 해서 벚나무가 보이면 잠시 그 아래 서 있다 가곤 했는데, 단 한 번도 벚꽃 폭풍을 다시 만나본 적이 없다. 이 놀라운 경험을 한 유일한 곳이 군대라는 점이 못내 아쉽고 안타깝다.

케이크의 요정

얼마 전 아내가 어두운 표정으로 집에 돌아왔던 적이 있다. 무슨 일이 있었느냐고 물었더니, 퇴근길에 다이소에 들렀다가 다른 손님이 선반에 올려놓은 케이크 상자를 모르고 쳐서 떨어트렸다고 했다. 케이크의 주인은 이십 대 후반으로 추정되는 여자분이었는데 들으라고 하는 혼잣말로 "짜증 나! 짜증 나!"를 연신 중얼거렸다고 한다. 아내는 일단 사고를 냈기 때문에 어떻게든 보상을 하기 위해서 인근 빵집에 가서 다른 케이크를 사 오겠다고 말했으나, 그분은 이 주변에 맛있는 케이크 가게가 없다며 거부하고는 남자 친구로 추정되는 사람에게 전화를 걸어, 어떤 사람이 케이크를 떨어트려서 짜증 나 죽겠다고 한참이나 통화를 했다고 한다. 아내는 죄인처럼 주눅이 든 표정으로 그분이 통화를 끝낼 때까지 한참이나 우두커니 그 옆에 서 있다가, 그분이 전화를 끊은 후에야 케이크 값 전액을 현금으로 보상하는 조건으로 겨우겨우 그 상황을 모면할 수 있었다고 했다.

근데 집으로 돌아오는 길에 케이크 주인한테 당한 처사가 너무나 모욕적이고 서러워서 자기도 모르게 눈물이 핑 돌고 울적해졌다는 것이다. 나는 몸도 마음도 너덜너덜 만신창이가 되어 집에 돌아온 아내를 달래며 케이크 상자를 열어보았는데, 티라미수로 추정되는 케이크가 원래 형태를 추정하기 힘들 정도로 곤죽이 되어 있었다(아마도 살아생전에는 동그란 형태였겠지…). 그 처참한 케이크를 본 아내의 표정이 더욱 어두워지길래 나는 애써 웃으며, "이왕 생긴 케이크이니 맛있게 먹자"고 말하며 먼저 한 포크 떠서 입에 넣었다.

그런데 놀랍게도 이게 맛이 엄청 좋은 것이었다. 그냥 맛이 좋은 게 아니라 진짜 엄청나게 맛이 좋았다. 아내가 위로하기 위해 억지로 맛있는 척할 필요 없다고 하길래 내가 아니라며 먹어보라고 했더니, 아내도 한번 먹어보고는 놀라운 표정을 지으며 감탄했다. 아니 무슨 케이크이길래 이렇게 맛이 좋은 거지 싶어 상표를 검색해봤더니 꽤 유명한 케이크 전문점의 상품이었다. 게다가 놀랍게도 우리 동네에도 점포가 하나 있었다. 지나가면서 자주 보기는 했으나 간판이 너무 수수해서 이렇게 맛있는 케이크를 파는 가게인지 미처 몰랐던 곳이었다. 그렇게 곤죽이 된 티라미수를 주말 동안 다 먹어치우고 또 생각이 나서 새로 하나를 더 사 먹었다(역시 살아생전의 모습은 예상대로 원형이었다).

그 이후로 기념일이나 연휴 때마다 항상 여기서 케이크를 사 먹고 있다. 꽤 많이 사 먹었는데도 질리지 않고 항상 맛있다. 이제는 인생에서 빼놓을 수 없는 즐거움 중의 하나가 되었다. 아마도 아내가 그날의 그 모욕적이었던 사건을 겪지 않았더라면 평생 이 맛을 모르고 살아갔을지도 모른다. 그런 고통스러웠던 경험이 이런 반영구적인 즐거움으로 이어진다는 사실이 몹시도 아이러니하다. 그날 아내가 만났던 그 케이크의 주인은 어쩌면 우리에게 새로운 맛의 세계를 알려주기 위해 찾아온 케이크의 요정 같은 존재가 아니었을까.

오징어 튀김

어젯밤 불치병에 걸리는 꿈을 꾸었다. 정확한 병명
은 모르겠지만 살날이 한 달밖에 안 남은 상태였다.
기력을 다 잃고 침대에 축 처져 누워 있었는데 침대
옆에 앉은 아내가 눈물을 뚝뚝 흘리며 울고 있었다.
인과는 알 수 없지만 그 순간 뜬금없이 오징어 튀김
이 먹고 싶어졌다. 그래서 아내에게 손수 튀긴 오징
어 튀김이 먹고 싶다고 했더니 아내가 재료를 사서
바로 옆에서 튀겨주었다.

갓 튀긴 오징어 튀김을 한 입 베어 물고 아내에게 너
무 맛있다고 고맙다고 얘기했다. 그랬더니 아내가
갑자기 인상을 팍 쓰고 한숨을 내쉬며, "오징어 튀김
귀찮아…"라고 말했다. 그 순간 잠에서 깼다.

오늘 저녁을 먹으며 아내에게 이 꿈 얘기를 했더니
한숨을 푹 내쉬며,

"그래… 튀김은 진짜 귀찮지…"

라고 얘기하며 고개를 끄덕거렸다.

저기요.

불치병 쪽에도 관심 좀 가져주시죠.

야근의 장점

다른 사람들도 그런지 모르겠지만 나는 격무와 야근
으로 인하여 체력 고갈, 수면 부족, 스트레스 누적
등의 상태가 중첩되어 완전히 지쳐버렸을 때 평소
에는 지나치던 단순한 것들이 새롭고, 신비롭고, 아
름답게 느껴지는 기이한 경험을 종종 한다. 무슨 요
일인지는 까먹었지만 넋이 나간 상태로 아침 회의에
들어가서 앉아 있다가 문득 회의 테이블 밑을 바라
봤을 때 멀티탭이 눈에 들어왔다.

8구짜리 멀티탭을 보고는, '아니 어쩜 저렇게 길고
꽂는 데가 많을까? 만물은 정말 신비로워' 하는 생
각이 들어서 한참이나 바라보고 있었다. 마찬가지로
무슨 요일인지는 까먹었지만 반쯤 정신이 나간 상태
로 출근 버스를 타고 가던 중 버스 창문을 뚫고 들어
와 바닥에 비치던 햇살을 뚫어져라 본 적이 있다.

버스가 달캉달캉 거릴 때마다 연하지만 선명한 빛도

함께 조용히 흔들렸는데 그 흔들림이 너무나도 편안
하고 포근해서 한참 동안이나 쳐다보다가 내릴 정류
장을 하나 지나쳐서 다시 걸어 돌아왔다.

이처럼 정신적 에너지가 극도로 고갈되었을 때 살면
서 전혀 사용하지 않던 감각이 예민해져 평소에 지
나치던 것들을 새롭게 바라보게 될 때가 있다. 개인
적으로 생각하는 야근의 좋은 점 중 하나는 이런 경
험을 할 기회가 생긴다는 것이다. 거의 유일한 장점
이라고 생각한다.

우리 집에서
제일 잘 키운 거

오늘 화분에 물을 주고 있는 아내에게
우리 집에 있는 동식물 중에서
제일 잘 키운 게 뭐냐고 물었더니,
'너'라고 대답해서 엄청 감동 받았다.

난 당연히 고양이일 줄 알았어.

왜 태어났니

초등학생일 무렵에
'생일 축하합니다~' 하는 노래 가사를
'왜 태어났니~'로 개사해서 불러주며
생일날 놀리는 유행이 있었는데
지금 생각해보면
정말 잔인한 가사가 아닐 수 없다.

원하지 않았던 기억

중학생 때 같은 동호회에서 활동하던 대학생 누나를 좋아했던 적이 있었다. 20년이나 지나버려서 이제는 이름도 얼굴도 거의 기억이 나지 않는다. 그런데 그 누나네 집에서 키우던 개의 생김새와 이름이 '메구미'였던 것은 생생히 기억난다.

안타깝다.

개 이름 따위 딱히 기억하고 싶지 않았건만.

소년심

동네에 꽤 유명한 오락실이 하나 있다. 오늘 가봤더니 중학생으로 보이는 마른 체형의 남자애가 설렁설렁 성의 없이 펌프를 하고 있었다. 그러다 여자애들이 하나둘씩 모이기 시작하자 뒤를 한번 힐끔 바라보더니, 갑자기 허공에 손을 휘적거리며 격렬한 춤사위를 벌이기 시작했다. 그 모습이 너무 귀여워서 그만 웃고 말았다.

저것이 소년심인가.

도시락

예전에 불면증에 시달리던 무렵의 일이다. 그날은 평소보다 두 시간이나 이른 시간에 눈이 떠져버렸다. 피곤했지만 할 수 없이 그대로 일어나 씻고 옷 갈아입고 출근 준비를 마쳤다. 그런데 마침 그날은 엄청나게 처리하기 싫은 업무가 기다리고 있는 날이었기에 회사 가는 것이 평소보다 힘들게 느껴졌다. 그래서 그 상태 그대로 식탁 의자에 앉았다. 처음에는 잠시 앉아서 쉬다가 일어날 생각이었는데 일어나야지, 일어나야지 하면서 한 시간 이상을 그대로 아무것도 하지 않은 채 그렇게 앉아 있어버렸다.

출근 시간이 나보다 늦은 아내가 뒤늦게 깨어나서 옷을 갈아입고 가방을 멘 채로 식탁 앞에 앉아 있는 나를 보고는 뭐 하는 거냐고 물었다. 이 상황을 뭐 어떻게 설명해야 할지 난감했다. 하지만 아무 말도 안 하고 그대로 있으면 더 이상하게 생각할 테니까 그냥 웃으면서, '아침에 회사 카페테리아에서 파는 맛없는 김밥 먹는 게 너무 싫어서 이러고 있다'고 대답했다. 그랬더니 아내가 아무 말 없이 냉장고를 열고 반찬통을 꺼내 도시락을 싸더니,

"됐어?"

하면서 건네주었다. 그래서 그날은 그 도시락을 들고 그냥 출근했다. 그 일이 있고 난 뒤 얼마간 아내가 매일 아침 도시락을 싸주었다. 매일 김밥만 먹다가 도시락을 먹으니 몹시 맛있고 기분이 좋았다. 그러다가 한 열흘째쯤 되는 날이었는데 아내가 그날은 늦잠을 자서 일어나지 않았다. 그래서 아내를 깨우면서 "오늘은 도시락 안 싸줘?" 하고 물어보았다. 그랬더니 아내는 엄청 피곤한 표정으로,

"으으… 오늘은 못 싸겠다… 그냥 회사 가지 마…"

라고 대답했다. 이젠 도시락 쌀 일도 없지만 그때 그 며칠간 아내가 도시락을 싸줬던 일에 대해서는 몹시 고맙게 생각한다. 그 타이밍에 아내가 도시락을 싸

주지 않았다면 아마 그때 틀림없이 회사를 그만두었
을 것이다.

스키야키의 매력

직장인 2~3년 차 무렵에는 경험도 전문성도 부족하여 거의 매일 상사에게 질책을 받았다. 야근도 열심히 하고 휴일에 공부도 열심히 하며 애썼지만, 단기간에 그 질책의 나선을 벗어나는 것은 쉽지 않았다. 내가 그 혹독한 시절을 지나던 무렵, 내 옆에는 마찬가지로 항상 상사에게 같이 질책을 받던 비슷한 연차의 동료 몇 분이 있었다. 그분들은 점심 식사를 매일 같이하던 동료들이기도 했다.

질책의 강도가 높아져서 다 같이 힘들어하던 12월의 어느 날, 한 동료분의 제안으로 점심때 스키야키를 먹으러 갔다. 그 당시의 나는 스키야키를 먹어본 적도 없었고, 스키야키가 어떤 요리인지조차 몰랐었지만 사무실에서 받는 스트레스가 너무 심해서 '먹는 것 따윈 아무래도 좋아' 하는 심정으로 그냥 아무 말 없이 따라갔다.

주문한 메뉴가 나왔을 때 조금 놀랐다. 스키야키는 익지 않은 재료를 식탁 위에 두고 천천히 익히면서 먹는 전골 요리였던 것이다. 채소가 시퍼런데 이걸 어느 세월에 다 익혀 먹나 하고 조금 걱정이 됐지만 그런 불안한 마음은 천천히 사라져갔다. 익는 걸 기다리는 시간이 의외로 즐거웠기 때문이다.

보글보글 김이 피어오르는 냄비 너머로 마주한 동료의 얼굴은 사무실에서 볼 때보다 한결 더 푸근해 보였다. 푸짐한 재료가 끓고 있는 냄비가 조성하는 아늑한 분위기 덕에 평소보다 훨씬 더 허심탄회하게 대화를 이어갈 수 있었다. 술도 감정의 벽을 허물어서 대화를 매끄럽게 해주지만 그것과는 완전히 다른 감각이었다. 술보다 강도는 약하지만 은근하고 부드러운, 정서를 매만지는 윤활제 같은 느낌이었다.

재료가 다 익자 서로 돌아가며 한 그릇씩 먹고 더 떠주었다. 냄비 하나에 들어 있는 음식을 함께 먹는 행위가 마치 온기를 나누어 먹는 듯한 느낌이 들어 더욱 아늑하고 누그러진 기분이 되었다. 그러다 문득 창밖을 바라보니 눈이 내리고 있었다. 지난주에 눈을 봤을 때는 추위와 출근길 차 막힘만 떠올라 몹시 기분이 질척거렸는데, 스키야키를 앞에 두고 보는 눈은 제법 운치가 있었다. 그날은 점심시간이 거의 아슬아슬하게 끝날 때까지 한참 동안 동료들과 대화를 나누며 사무실로 돌아왔다.

그날 처음으로 익지 않은 재료를 여럿이서 익혀 먹는 전골 요리의 매력을 알게 되었다. 그때 이후로 겨울이 되면 항상 스키야키 생각이 난다. 그리고 매년 겨울이 올 때마다 잊지 않고 좋아하는 사람과 함께 스키야키를 먹고 있다.

삶은 계속된다

한 해의 마지막 날 지난 1년을 뒤돌아보면 좋은 일과 나쁜 일이 있었다. 당연한 이야기이지만 사람의 삶에는 항상 좋은 일과 나쁜 일이 일어난다. 삶의 균형이 한쪽으로 크게 쏠려 나쁜 일의 밀도가 심하게 높아지는 해가 올 때마다, 이대로라면 해답을 찾을 수 없는 문제들에 짓눌려 죽을지도 모른다는 위기를 몇 번이나 느꼈다. 하지만 삶은 쉽게 끝나지 않았다.

너무 지쳐서 의식의 끈을 스스로 놓아버렸을 때조차도 내 선택과 상관없이 삶은 계속되었다. 이건 강철같은 의지와 노력으로 삶의 위기에 맞서 싸워 이겼다 같은 느낌이 아니다. 정확히 어떤 원리에 의해 그렇게 되는 건지는 모르겠지만 삶의 위기에 정신없이 두들겨 맞고 만신창이가 되었는데도 나도 모르게 그 나쁜 일들을 세월에 실어 과거로 흘려보내며 계속 살아졌다는 쪽에 가깝다.

과거의 나는 새해가 될 때마다 작든 크든 항상 새해 목표를 세웠다. 하지만 예측을 어긋나는 미래에 수없이 베이다 보니 언젠가부터 더는 새해 목표를 세우지 않게 되었다. 그저 하고 싶은 일과 할 수 있는 일을 할 뿐이다.

곧 새해가 온다. 분명 나쁜 일이 일어날 것이다. 일어날 것이 확정인 나쁜 일을 지금의 나는 조금도 예측할 수 없다는 점이 몹시 마음을 불편하게 만든다. 하지만 정신이 아찔해질 만큼 두렵지는 않다. 내 숨이 끊어지지 않는 이상 삶은 계속될 것이라는 걸 알기 때문이다.

행복

행복에 대하여 "일과를 끝내고 잠자려고 누웠을 때 아무런 근심 걱정도 떠오르지 않는 편안한 마음 상태"라고 정의해놓은 글을 어디선가 읽은 적이 있다. 몹시 공감한다.

아킬레스건

요즘 방에 누워 있으면
고양이가 와서 자꾸 아킬레스건을 문다.

도대체 인간의 약점을 어떻게 알아낸 거지.

아르바이트할 때
겪었던 윤리적 갈등

야간 편의점 아르바이트를 하던 무렵에 심각한 윤리적 갈등을 겪은 경험이 있다. 자정이 넘을 무렵이 되면 항상 휘청거리는 걸음으로 가게에 들어오시는 오십 대 아저씨가 한 분 계셨는데, 이분은 항상 냉장고에서 소주 한 병을 꺼낸 다음 계산도 안 하고 바로 따서 꿀꺽꿀꺽 마시면서 걸어와 계산대에 빈 병을 '텅!' 던지듯이 내려놓으시며 "계산해주소" 하고 외치셨다. 단순 일용직 근무를 하다 보면 이런 무례한 일을 워낙 자주 당하므로 나는 그냥 그러려니 하고 매번 아무 생각 없이 계산만 했었는데, 동네 오지랖 네트워크라는 것이 워낙 강력한 탓에 지나가는 손님들이 그 아저씨에 대해 혀를 쯧쯧 차면서 한두 마디씩 던지는 정보가 모여서,

    – 샷시 설치 일을 하시는 분

− 부인이랑 금슬이 좋기로 소문남

　　− 몇 주 전 부인이 교통사고로 돌아가심

　　− 그 사건 이후로 사람이 완전히 망가짐

　　− 이십 대 중반의 아들이 있는데 망가진 아버지

　　　때문에 고생이 이만저만이 아님

이 정도까지 그 아저씨에 대하여 상세하게 알 수 있
게 되었다(소문에 의해 강제로 학습당함). 그러던 어느 날
저 정보상의 아들이라는 분이 편의점에 찾아왔다.
뭔가 체육 계열을 전공했을 것 같은 우락부락하고
거칠어 보이는 청년이었다. 청년은 아버지가 심각한
알코올중독 증상을 앓고 있으니 절대로 술을 팔지
말아달라고 부탁했고, 나는 그러겠다고 대답했다.
그리고 그날 밤에도 어김없이 그 아저씨께서 찾아와
냉장고에서 소주를 꺼내셨는데, 나는 재빨리 달려
가 아저씨를 제지하며 "아드님이 술 팔지 말라고 했
어요"라고 말했다. 아저씨는 체념한 듯이 어깨를 축
늘이고 돌아가시다가 갑자기 문을 나서기 전에 우뚝
멈추셨다. 그리고 손으로 가슴을 퍽퍽 치고 발로 땅
을 박차면서 흐느끼기 시작했다. "하윽… 큭… 크…
흐ㅇㅇㅇ……" 하는 탄식과 울음소리가 입을 억지

로 비집고 흘러나왔다. 그 감정의 분출이 너무 강렬하여 고통이 나한테까지 전해져오는 듯했다. 한참을 몸부림을 치며 쓰러질 듯 흐느끼던 아저씨는 다시 나에게 돌아오셨다. 내가 이미 알고 있는 부인의 사망 건에 관한 이야기를 꺼내시며 술이 없으면 정말로 죽을 것 같으니 제발 팔아달라고 사정을 하셨다. 아버지뻘 되시는 분이 내 소매를 붙잡고 사정을 하는 데다, 눈앞에 있는 사람이 저 정도로 심하게 고통스러워하는 걸 보니 나는 도저히 거절할 수가 없어서 그날 술을 팔고 말았다. 아저씨는 거듭 "고맙고, 고맙소" 하시며 돌아가셨다. 소주 한 병을 단번에 들이켜시고는 곧바로 안정을 되찾으시는 모습을 보니 내 마음도 편안해지는 기분이 들었다.

그런데 그다음 날.

아들 되시는 분이 잔뜩 성난 표정으로 나를 찾아왔다. 그렇게 당부했는데 왜 술을 팔았느냐고 화를 내길래 나는 너무 힘들어 보이셔서 어쩔 수 없었다고 대답했다. 그는 알코올중독자에게 술을 주는 건 죽으라고 하는 것과 같다면서 역정을 냈고, 맞는 말이기 때문에 나는 면목 없이 미안하다고 거듭 사과할 수밖에 없었다.

그날 이후 내 아르바이트 인생에서 가장 심한 윤리적 갈등을 겪는 나날이 시작되었다. 자정이 되면 어김없이 아저씨가 나를 찾아와 애원하셨고, 그 고통스러운 모습을 견딜 수 없어 술을 팔고 나면 아침 해가 뜨자마자 아드님이 찾아와 나에게 욕을 해댔다. 이런 일이 대여섯 번 정도 반복되자 아들 되시는 분은 이제 더 이상 나에게 존댓말을 쓰지 않았고 욕설을 하기 시작했다. 그분에게 욕을 먹을 때마다 매번 오늘이야말로 술을 팔지 않겠다고 결심했지만, 막상 아저씨를 보면 그 고통에 몸부림치는 모습을 차마 두고 보지 못해 결국 술을 팔고 마는 내가 나도 참 답답했다(하지만 정말이지 그 모습을 보면 술을 드릴 수밖에 없었다).

그런 일이 열흘쯤 반복되다 아드님이 나를 주먹으로 위협할 때쯤 돼서야 감금을 당하셨는지 아저씨는 더 이상 편의점에 오지 않았다. 그렇게 고통스러운 윤리적 갈등이 끝나게 되었다. 이렇게 쓰고 나니 그냥 팔지 않으면 될 일을 뭐 그렇게 어렵게 만들었나 싶겠지만 그 당시 아저씨의 고통스러워하는 표정을 떠올려보면 10년이 지나 그때보다 성숙한 어른이 된 지금의 나라도 과연 안 팔 수 있을까 자신이 없다.

말을 고르는 일

간혹 고통스러운 사건을 겪고 있는 지인에게
뭐라고 위로의 말을 건네야 할지 몰라
한참 동안 말을 고르고 고르다
결국 아무 말도 꺼내지 못하는 경우가 있다.

기쁨에 말을 얹는 것은 참 쉬운데
슬픔에 말을 얹는 것은
너무나도 어려운 일이다.

삶을 지탱하는 시간

좋아하는 것에
집중하는 시간이 쌓여
일상을 유지하고
삶을 지탱한다.

4부

잊지 마,
우리는 꽤 근사한 사람들

저는 걸음도 느리고
오래 걷지도 못 하니
제 걱정은 하지 마시고
먼저들 가십시오.

전진을 위한 조건

'나는 반드시
잘할 수 있는 사람이
되어야 한다'는 마음을 버려야
전진할 수 있다.

특별함

특별해지는 것보다
특별해지지 못해도 괜찮은 마음을 얻고 싶다.
그럴 수 있다면 분명 꺾이는 일 없이
좋아하는 걸 즐겁게 계속해 나가는 삶을
살 수 있을 것 같은데.

꽃이 되지 않아도 괜찮아

어느 집단이나 조명과 관심을 많이 받는 역할이 있는 반면, 열심히 노력해도 그런 일을 하는 사람이 있는 줄도 모르는 역할도 있다. 안타깝게도 내가 속한 직군은 후자에 가깝다. 나의 일은 그렇게 드러낼 필요는 없지만 없으면 큰일이 나는 포지션으로, 그렇다 보니 팀마다 꼭 한 명씩은 둔다. 그런데 그 이상의 충원이나 지원에는 소극적인 경우가 많다.

회사 전체에서 이 업무를 담당하는 사람이 오직 나하나뿐인 것은 꽤 외롭고 힘든 일이다. 그리고 관심을 많이 받으며 인원수도 많은 화려한 역할 군의 동료들을 볼 때마다 부러움을 느낀다. 그 관심과 중요도의 간극을 어떻게든 메워보려 최선을 다해보지만, 쉽지 않다. 그래서 숲속에 들어온 사람들이 화려하게 만개한 꽃을 보며 감탄할 때마다, 컴컴한 흙 밑으로 뻗어난 어둠 속의 뿌리가 된 기분으로 그 꽃들을 바라보곤 했다. 하지만 이 일을 10년 넘게 하다 보니, 숲을 바라보는 시야가 넓어지며 생각이 달라지기 시작했다.

자본주의 사회에서 아무런 도움도 안 되는 역할 군에 돈을 지불할 리가 없다. 화려한 업무를 하는 역할 군들도 일을 마감하는 과정을 뜯어보면 결국 내가 필요하다. 내가 제대로 영양분을 공급해주지 않으면 그들은 꽃을 피울 수 없다. 그 사실을 대부분의 사람들이 알아주지 못한다고 해도 그 사실은 달라지지 않는다.

예전에는 화려한 역할 군의 일을 더 돋보이게 만들기 위해 내가 성심성의껏 뻗어놓았던 뿌리들을 누군가 모조리 끊어내거나 엉망진창으로 휘감아버리면 몹시 상실감을 느끼며 괴로워했지만, 요즘은 그렇지 않다. 오히려 업무조정을 미안해하며 사과하는 동료 분들에게 "괜찮아요. ○○ 업무는 우리 팀의 꽃이니까요. 어떻게든 해보겠습니다^^"라고 말하는 여유도 생겼다.

아무리 영양분을 공급해줘도 결국 꽃을 피워내지 못하는 경우도 있다. 그것에 비하면 내가 공급해준 영양분을 흠뻑 빨아들여 만개하는 모습을 바라보는 것은 정말 기분 좋은 일이다. 내가 비록 저 꽃이 되지는 못했지만 어쨌든 저 꽃은 내가 피워낸 꽃이라고 생각하면 상대적 박탈감이 옅어지며 한결 마음이 좋아진다. 나는 아마도 앞으로도 꽃이 될 수는 없을 것이다. 하지만 괜찮다. 꽃만 가득한 숲은 숲이 아니니까.

꽃이 되지 않아도 괜찮다.

왠지 모르게 훈훈한

버거킹에 왔는데 앞자리에 앉은 분들이 콜라을 엎고 음식을 흘리고 포장지를 널브러뜨리고 테이블을 완전 엉망진창으로 만들어두고 나갔다. 잠시 뒤 선배 아르바이트생으로 추정되는 검은 유니폼의 과묵하고 무서운 남자가 와서 그 자리를 잠시 바라보더니 다른 아르바이트생들을 불렀다. 빨리 안 치웠다고 후배들을 혼내려나 싶어서 조마조마한 마음으로 보고 있는데 그는 아주 차분하고 침착한 목소리로,

"내 버거킹 인생에서 이렇게 더러운 자리는 처음이야. 흔하게 볼 수 없는 귀한 거 같아서 부른 거니깐 한번 보고 가."

그렇게 말하고는 다 같이 자리를 정리하였다.
왠지 모르게 훈훈한 풍경이었다.

마음의 체력

청년이라 불리던 나이에는
좋은 사람을 알아볼 수 있는
눈이 없었는데

중년이라 불리는 나이가 되니
좋은 사람에게 다가갈
마음의 체력이 없다.

인맥 관리

1n년 차가 넘어가도 여전히 인맥 빈곤층을 벗어나지 못하고 있지만 그래도 현재 근무하고 있는 사무실 동료들에게 예의 바르고 친절하게 최선을 다하는 모습을 보여주는 게 최고의 인맥 관리라는 믿음은 변함이 없다.

자아 탐구

처음 보는 번호로 전화가 와서 받았더니
웬 할머니가,

"명석이 애비가!"라고 소리치셨다.
"아닌데요"라고 대답하니

"그럼 누구냐!"라고 소리치셨다.
순간 뭐라고 대답해야 할지 몰라
말문이 막히고 말았다.

나는 과연 누구인가.
나라는 존재를 어떻게 설명해야 할까.

자전거에 대한 기억

내 자전거를 처음으로 가져봤던 것은 군대를 갓 전역하고 수도권으로 막 올라왔을 무렵의 일이다. 집세 싼 곳을 알아본다고 도심지 외곽에 위치한 방을 얻은 탓에 집 근처에는 마트, 병원, 지하철역 등 편의시설들이 없었다. 필요한 장소까지 걸어서 이동하자니 힘이 드는 것은 둘째치고 시간이 너무 많이 걸렸다. 뭔가 이동수단이 필요하겠다는 생각이 강하게 들어 가장 값싸게 구할 수 있는 자전거를 알아보기로 하였다.

생활비가 심하게 부족하던 시기라 감히 새 자전거를 사지는 못하고 근처 자전거 수리점에서 5만 원짜리 중고 자전거를 샀다. 사용 흔적이 깊이 새겨져 있는 낡은 자전거였지만, 바구니도 달려 있고 보조 짐칸에 꽤 무거운 짐을 실어도 잘 나가는 쓸만한 녀석이었다. 태어나서 처음으로 내 전용 이동수단을 가져본 것이었는데 걷는 것에 비해 기동성이 비약적으로 상승하여 들뜬 마음으로 동네 구석구석을 돌아다녔다.

매일 밤 머리맡에 프린트한 동네 지도를 펼쳐놓고 내일은 어디로 가볼까 계획을 세우며 잠이 들었다.

그 당시 하루에 두 시간 정도씩 매일매일 자전거를 탔던 것으로 기억한다. 그러나 구매한 지 한 달 정도 지났을 무렵부터 불길한 징조가 나타나기 시작했다. 중고 자전거를 너무 혹사시킨 탓인지 브레이크가 말을 듣지 않는 것이었다. 아주 고장난 것은 아니었지만 브레이크를 잡으면 한참 뒤에야 멈춰 섰다. 그래서 멈춰야 하는 타이밍을 미리 결정해서 브레이크를 잡아야 했고, 갑자기 코너에서 사람이 튀어나온다거나 할 경우에는 기민하게 대응할 수가 없었다. 수리점에 가지고 가니 이미 수명이 다한 기체라 폐기 처분 하라는 얘기를 들었다(어째서 "당신이 한 달 전에 판 물건이잖아!" 하고 화를 내지 못했던 것일까…).

이미 자전거 없이는 살 수 없는 몸이 되어버린 데다가 새것을 살 돈도 없었기 때문에 그 뒤로도 한참 동안 조심하며 브레이크가 고장난 자전거를 타고 다녔다. 그러다 몇 주일 뒤 그 자전거를 도둑맞으면서 마침내 더는 그 자전거를 타지 않을 수 있게 되었다. 외주를 한탕 뛰고 돌아와 지하철역 앞에 세워둔 자전거를 타고 집으로 돌아가려는데 자전거는 온데간데없고, 바닥에 부서진 자전거 자물쇠만 떨어져 있어 엄청나게 큰 충격을 받았었다. 정도 많이 들었고 아끼던 물건이라 돌아오는 길에 너무 속상해서 나도 모르게 살짝 울었던 기억이 난다.

하지만 그 당시에는 슬픈 경험이었지만 지금에 와서 돌이켜 생각해보면 그때 타이밍 좋게 도둑맞아서 얼마나 다행인지 모르겠다. 브레이크가 말을 듣지 않는 자전거를 계속 타고 다녔더라면 분명 크든 작든 사고를 당했을 거라는 확신이 든다. 재수가 없으면 죽었거나 불구가 되었을지도 모를 일이다. 그 당시에도 위험하다는 자각이 분명히 있었는데 어째서 계속 타고 다녔던 걸까 싶다(이성적인 판단을 마비시키는 가난의 힘은 정말 대단하구나). 아무튼, 그때 그 자전거를 도둑맞아서 천만다행이다. 훔쳐 갔던 사람한테도 부디 나쁜 일이 일어나지 않았기를 기원한다.

배신자

음식점에 가면 그 음식 문화에 맞는 예절대로 먹는 것을 선호한다. 예를 들어, 인도 카레 전문점에 가면 한국인의 취향을 고려하여 쌀밥이 같이 나오는데 한국식 쌀로 지은 밥을 인도 카레랑 같이 먹는 건 왠지 모르게 부끄럽고 인도인들에게 실례인 것 같아서, 밥을 먹고 싶지만 꾹 참으며 될 수 있으면 난만 먹기 위해서 노력하는 편이다. 마침 오늘이 월급날이라 직장 동료들과 의기투합해서 점심때 좀 비싼 인도 카레 전문점에 갔다. 근데 어디를 봐도 인도인답게 생긴 토종 인도 청년 한 사람이 인도 카레 그릇에 차진 쌀밥을 공기째로 턱 붓더니 첩첩 비벼서 먹고 있었다.

이 배신자.

다행이었던 아침

출근길 횡단보도에서 신호를 기다리고 있는데 누가 다짜고짜 뒤에서 귀싸대기를 철썩 후려치길래, '누굴까; 왜 갑자기 시비를 거는 걸까; 싸움 못 하는데 어떡하지;;' 하는 생각에 바짝 긴장하고 뒤돌아봤는데 플라타너스 이파리여서 얼마나 다행이었는지 모른다.

지각 예방법

평소 여유 있게 출근 준비를 할 수 있도록 넉넉하게
알람을 맞춰놓지만, 항상 알람 소리가 울리면 알람
을 끄고 '으으… 침대 좋아… 으으… 침대 좋아…'를
중얼거리며 비몽사몽하다가 한참 만에야 일어나게
된다. 날씨가 서늘지기 시작하니 이 증상이 더욱 심
해져서 요즘 꽤 아슬아슬한 시간에 도착할 때가 많
다. 그러다 오늘은 알람을 끄려고 하다가 침대에서
굴러떨어졌다. 등짝이랑 옆구리가 너무나도 아파서
'크흑!' 하면서 벌떡 일어났다가 일어난 김에 바로
씻고 출근을 했는데, 회사에 와서 시계를 보니 평소
보다 30분이나 일찍 도착했다. 아무래도 지각을 예
방하기 위한 완벽한 솔루션을 찾아낸 것 같다.

굴비 용달차에
대한 기억

직장 생활을 시작하기 전이었던 10년 전쯤에 장기간 프리랜서로 살았던 적이 있었다. 온종일 집에 있다 보면 각종 식자재를 파는 용달차들이 자주 지나다니는데 그날은 굴비를 파는 차가 왔다. 확성기로 울려 퍼지는 한 마리 얼마, 한 마리 얼마 하는 목소리를 들으니 굴비가 먹고 싶어져 저절로 침이 고였지만 자금 사정이 대단히 넉넉하지 못하던 시절이라 이를 악물고 참았다. 그런데 확성기로 울려 퍼지던 반복 멘트가 갑자기 멈추더니,

"어머니~ 줄을 서셔야죠~
자, 이쪽으로 오세요~
하하~ 아뇨, 줄을 서셔야 한다고요~
물건이 넉넉한 게 아니라서요~ 하핫~
어머니, 잠깐만요~ 순서대로 판매를 해야 해요~

아이쿠~ 죄송합니다. 어머니~"

하면서 리얼타임 판매자의 목소리가 흘러나오기 시
작했다. 굴비를 사는 사람들이 엄청 많은 듯했다. 시
간이 지날수록 어머니들이 거세게 몰리는 듯, 어머
니들을 통제하는 판매자의 목소리가 더욱 분주해져
갔다. 저 정도로 사람이 몰릴 정도면 쿨매*가 틀림없
다는 생각이 들어 마음이 흔들렸고, 나는 더 이상 참
지 못하고 만 원짜리 하나를 움켜쥐고 집 밖으로 달
려 나왔다.
골목길을 두 번이나 꺾어 들어가 드디어 굴비 파는
용달차를 발견했는데 용달차 옆에는 놀랍게도 아무
도 없었다. 판매자로 추정되는 산적 같은 남자는 운
전석에 앉아 있었고 확성기에서는 여전히, "어머니
~ 하하~ 이러시면 곤란합니다. 어머니~ 하하" 하
는 녹음 음성이 계속 흘러나오고 있었다. 나는 만 원
짜리 한 장을 쥐고 풀린 눈으로 한참이나 그 용달차
를 멍하니 바라보았다. 그날의 황망함은 아직도 잊
을 수가 없다.

• 시세보다 저렴하고 상태가 매우 좋은 매물을 뜻하는 신조어.

피카피카

직장 동료분이 심각한 표정으로 계속 "피카피카…"
하며 중얼거리고 계셨다. 왜 그러시냐 물어봤더니,
영화 〈어벤져스〉를 볼 예정인데 극장 카운터에 가서
"피카피카" 하고 외치면 음료나 팝콘을 업그레이드
해주기 때문이라고 하셨다. 그래서 어떻게 말하면
어색하고 부끄럽지 않게 피카피카를 할 수 있을지
연습 중이라고 하셨다. 내성적인 분임에도 불구하고
대단한 열정이었다.

다음 날 아침 동료분께 가서 어제 피카피카 잘하셨
냐고 물어보았다. 동료분은 침울한 표정으로 실패했
다고 대답하셨다. 사연인즉슨, "피카피카" 하고 말
하는 데는 성공했는데 피카피카를 외치자마자 극장
직원분이 당혹스러운 표정으로 황급히 무전기를 들
고, "매니저님! 매니저님! 방금 고객님이 피카피카
하셨습니다! 매니저님! 피카피카 하셨습니다!" 하고

외쳤다고 했다. 그리고 "우리 지점은 피카피카 안됩니다"라고 대답하는 매니저님의 목소리가 극장에 울려 퍼졌다고 했다. 너무 슬프고 안타까운 일이라 아침부터 가슴이 먹먹해졌다.

야간 설경

매년 겨울이 될 때마다 이십 대 초반에 했던 아르바이트에 관한 기억이 떠오른다. 그 당시 집 근처에 있는 피시방에서 야간 파트 일을 했었는데 사장님께서 구두쇠 레벨이 높은 분이었기 때문에 피시방에서 나오는 쓰레기를 종량제 봉투에 버리지 않고 건물 뒤에 소각장을 만들어두고는 모든 쓰레기를 불에 태워서 처분하라고 하셨다.

하루 동안 쌓인 피시방 쓰레기를 불태우는 것이 내 일의 시작이었다. 더럽고 무거운 쓰레기들을 지저분한 포대자루에 잔뜩 담아 옮기는 것은 참 힘들고 불쾌한 일이었지만, 그것보다 더 힘든 것은 아르바이트하던 계절이 한겨울이었다는 점이다. 경상도였기 때문에 위쪽 지방만큼 춥지는 않았지만 어쨌든 한겨울이 춥다는 사실은 똑같기에 찬바람이 쌩쌩 부는 밖에 나가 한참 동안 쓰레기를 태우는 작업은 대단히 힘든 일이었다.

하지만 괴로웠던 처음 한두 번의 경험을 지나고 나니 묘하게도 이 일이 즐거워지기 시작했다.

원시시대에 불을 발견한 원시인들의 충격적인 경험이 유전자에 새겨져 그대로 전해져 내려온 것처럼, 뭔가를 불태우는 행위가 묘한 희열을 느끼게 해 주었기 때문이다. 마침 건물 뒤 소각장 옆에는 기차 선로가 있어서 야간열차를 구경하는 재미도 쏠쏠했다. 그러다 보니 이 일이 더욱 즐거워져서 일부러 쓰레기를 천천히 태우며 불놀이를 즐기게 되었다. 그러던 중 그해 최고로 낮은 기온을 기록했던 날, 그날도 어김없이 쓰레기 포대자루를 들고 나와 한 치 앞도 보이지 않는 어두운 건물 뒤편에서 발의 감각에 의지해 소각로를 찾아 불을 피웠다. 너무 추워서 어서 빨리 불을 피우고 싶었지만 바람이 너무 세게 불어서 한참 만에야 불을 붙일 수 있었다. 간신히 작은 불꽃이 쓰레기들을 삼키며 주변을 어스름하게 밝히기 시작할 때쯤, 눈이 내리기 시작했다.

바람이 거세게 불던 날이었기 때문에 눈보라처럼 거칠고 빠르게 쏟아져 내렸다. 불길 위로 떨어지는 눈들이 마치 그림처럼 아름다웠다. 기온도 낮고 바람도 강했지만 불길 가까이 앉으니 추위를 상당한 수준까지 상쇄할 수 있었기에 아늑한 기분으로 불과 눈을 감상할 수 있었다.

그때 건물 옆에 있는 기차선로로 밤 열차가 객실 칸을 밝힌 채 느릿느릿하게 지나갔다. 아이, 젊은 아가씨, 나이든 할아버지 등 승객이 탄 열차를 바라보고 있으니 여러 사람의 삶을 멀찍이 떨어져서 관찰하고 있는 기분이 들었다. 나도 저렇게 이 세상을 스쳐 지나가는 사람 중의 하나이고 지금은 굉장히 힘들고 혹독한 구간을 지나는 중이구나 하는 생각이 들었다. 하지만 구두쇠 사장님에게 욕을 먹으며 쓰레기를 태우고 있는 암울한 현재 사정과는 상반되게 지금 이 순간 내 눈앞에서 벌어지고 있는, 눈이 내리고 불길이 타오르고 밤 열차가 지나가는 모습들은 기록으로 남기고 싶을 정도로 순수하게 맑고 아름다웠다.

그 현실 상황과의 괴리감 때문에 아름답다는 감각을 느끼면 느낄수록 감정이 벅차올라 두 눈에 그렁그렁 눈물이 맺혔다. 그날은 등에 눈이 두껍게 쌓일 정도로 천천히 쓰레기를 태우고 들어왔던 것으로 기억한다. 그날 밤도 어김없이 무례한 밤 손님들에게 시달리며 힘들게 일했지만 그날 본 풍경은 내 마음속에 대단히 강렬한 인상으로 남아 있다. 누군가 가장 아름답게 본 눈 오는 풍경이 언제였냐고 묻는다면 나는 주저 없이 그날 밤의 풍경을 얘기해줄 것이다.

일석이조

나는 음식점이든 커피숍이든 서비스를 제공하는 매장에 가면 최대한 점원분들에게 예의를 갖춰 행동하려고 의식적인 노력을 기울이는 편이다. 의식적으로 이런 노력을 하는 이유는 선천적으로 이런 걸 의식하는 타입이라거나 가정교육을 특별히 엄하게 받았다거나 해서가 아니라, 단지 아르바이트를 많이 해봤기 때문이다.

편의점, 노래방, 술집, 피시방 등 수많은 일용직을 전전하는 동안 나는 아무렇지도 않게 무례를 행하는 사람을 몹시 많이 겪었다. 그들은 너무나도 쉽게 반말과 욕설을 하며 물리적인 폭력을 휘둘렀고, 이제 막 어른이 되어 사회에 내던져진 나는 일용직 서비스업을 제공하는 사람들의 사회적 지위가 이토록 보잘것없다는 것에 큰 충격을 받았다.

그것은 조선 시대 양반들이 노비를 대하던 것과 크

게 다를 것이 없는 느낌이었다. 하지만 먹고살기 위해 일을 그만둘 수는 없었기 때문에 어쩔 수 없이 그렇게 무례한 사람들을 한없이 상대해가며 이십 대를 보냈다. 그때는 의식하지 못했지만 지금에 와서 돌이켜 생각해보면 그 무렵 어렸던 내 마음의 기둥 중 몇 개인가가 분명하게 부러져버렸던 게 아닌가 하는 생각이 든다.

그런 시절을 보내고 나니, 직장을 구해서 더 이상 아르바이트를 하지 않아도 되는 어른이 된 후에도 이제는 어느 매장에 가더라도 아르바이트생들이 남같이 느껴지지 않았다. 나이도 성별도 제각각 달랐지만 계산대 앞에 위태롭게 선 그들을 보고 있으면 한 달에 300시간을 일하고 85만 원을 받다 쓰러져버린 스물한 살의 내가 겹쳐 보였다. 어디를 가도 어리고 약했던 과거의 내가 서 있었다.

그래서 나만이라도 그들에게 무례한 사람이 되지 않기 위하여 최대한 예의를 갖춰 행동하려는 습관이 생겼다. 이것은 자애나 이타심에서 나온 선의와는 분명하게 다르다. 굳이 비유하자면, 사회적 폭력에 두들겨 맞아 죽어버린 어린 시절의 나에게 제사를 지내는 것과 비슷한 느낌이다. 하지만 의도야 어찌 됐든지 간에 그들은 스트레스를 덜 받아서 좋고 나는 마음을 위로받는 경험을 해서 좋다. 일석이조라고 생각한다.

크리스마스 케이크

이십 대 중반은 내 인생에서 금전적으로 가장 힘들었던 시기이다. 그 무렵 크리스마스 시즌이 찾아올 때마다 시가지를 걷는 일이 몹시도 힘들었다. 화려한 트리와 마음을 들뜨게 하는 캐럴이 좋아하는 사람들과 화려하게 크리스마스를 보내라고 정겨운 목소리로 외치고 있었지만 나에게는 화목한 가족도 따뜻한 연인도 만찬을 준비할 돈도 없었다. 그래서 그 한껏 들뜬 크리스마스 시가지를 걷고 있노라면 나는 이 행복한 세상과는 일절 상관없는, 한없이 어둡고 아득한 나락에 떨어져 있다는 자각이 평소보다 더욱 더 강하게 마음을 때렸다.

한 날은 그렇게 행복한 세상과 격리되어 있다는 사실이 너무나도 분하고 억울해서 큰마음을 먹고 케이크를 하나 사기로 했다. 마침 조각이 아닌 동그란 원형을 제대로 갖춘 미니 케이크를 5천 원에 파는 곳을 발견했다. 하지만 싸지만 미묘하게 또 비싸기도 한 그 값을 치르기가 주저되었다. 찬바람을 맞으며 한참을 쇼윈도 앞에 서서 망설이다가 결국 사지 못하고 돌아왔다.

그런데 집에 돌아오고 나서부터 고작 5천 원짜리 케이크 하나를 사지 못했다는 사실이 너무 부끄럽고 슬퍼지기 시작했다. 그 부끄럽고 슬픈 감정이 결국 절망의 스위치를 올려버리고 말았다. 한번 피어오른 그 시커멓고 차가운 불길은 사그라들 기미 없이 점점 더 커지더니, 밤 10시가 넘어갈 때쯤 마음을 완전히 꺾어버렸다. 가벼운 공황 상태에 빠져서 차가운 원룸 벽에 기대고 앉아 밥도 먹지 않고 책도 보지 않고 컴퓨터도 안 하고 '어떡하지, 어떡하지'라고 중얼거리며 다음 날 새벽 동이 터올 때까지 그러고 있었다. 그날 밤의 일은 몹시 고통스러운 기억으로 남아 있다.

그 일이 있은 지 몇 해 뒤 직장을 얻고 나서부터는 크리스마스가 되면 항상 케이크를 샀다. 별로 먹고 싶지 않은 날에도 꼭 케이크를 샀다. 일부러 적당하다 싶은 가격대 보다 조금 더 비싼 케이크를 사서 집으로 돌아와 책상 위에 케이크를 덩그러니 올려놓고,

"올해는 괜찮아"

라고 읊조리며 마치 몇 해 전 마음이 꺾여서 죽어버린 나 자신에게 제사를 지내는 기분으로 크리스마스 밤을 보냈다. 지금은 부자는 아니지만, 그 무렵보다는 훨씬 더 경제적으로 여유 있는 상태가 되었다. 크리스마스를 함께 보낼 사람과 고양이도 있다. 하지만 여전히 크리스마스 시가지를 걸으면 기쁘고 들뜨기보다는 슬프고 우울한 감정에 휩싸이곤 한다. 그 자리에 분명 크리스마스와 상관없는 내가 있었다는 감각이 아직도 생생하게 남아 있다.

집

이십 대 초반 무렵에 갑자기 귀가할 장소가 없어졌
던 적이 있다. 자세한 사정을 얘기하자면 길고 복잡
하지만 어쨌든 어느 날 뜬금없이 돌아갈 수 있는 집
이 없어져버린 상태에 처했던 것이다. 그래서 주머
니에 남은 전 재산을 떨리는 손에 쥔 채 피시방과 찜
질방 등을 전전하며 하루하루를 버텼다. 그 당시의
경험은 아직도 내 정서에 지워지지 않는 흉터로 남
아 있을 만큼 고통스러웠다.

끼니를 해결하는 것,
제대로 씻지 못하는 것,
갈아입을 옷이 없는 것,
테이블에 엎드려 자야 하는 것.

물리적인 불편들도 물론 고통스러웠지만 그것과 비

교도 할 수 없을 만큼 훨씬 더 고통스러웠던 것은, 타인의 시선이 없는 독립적인 휴식 공간이 없다는 점이었다.

그 당시에 내가 살던 곳은 그렇게 좋은 집이나 건강한 가정은 아니었지만 일단 집에 들어와 내 방에 누우면 외부와 완전히 단절되어 온전히 혼자만의 독립된 시간을 보낼 수 있었다. 하지만 돌아갈 수 있는 집이 사라져버리니 항상 누군가의 시선에 노출되어 있다는 스트레스에 시달리기 시작했다.

물리적으로 외부에 끊임없이 노출된 상태로 지내는 것은 신경이 끊어질 것 같은 통증이 느껴질 정도로 고통스러웠다. 밥을 먹어도, 잠을 자도 이 스트레스는 경감되지 않고 계속해서 누적되어 사람의 마음을 급속도로 망가뜨렸다. 돌아갈 집이 없어지는 경험을 하기 전까지는 외부와 단절된 독립적인 내 공간이 없다는 것이 이렇게까지 고통스러운 것인 줄 미처 몰랐다.

다행히도 그렇게 생활하는 기간이 길게 이어지는 않았기 때문에 나는 다시 마음을 추스르고 정상적인 정서의 궤도에 올라올 수 있었다. 하지만 그 당시의 경험은 떠올리는 것만으로도 마음의 무게중심이 깊이를 알 수 없는 시꺼먼 절벽 밑으로 떨어지는 듯한 공포가 느껴질 만큼 무섭다. 그 경험을 한 이후로 나는 사회생활을 하면서 힘든 상황에 부닥칠 때마다,

'그래도 나에겐 돌아갈 집이 있어'

라고 마음속으로 읊조리는 버릇이 생겼다. 그렇게 읊조리고 나면 마음이 한결 나아진다. 돌아갈 곳이 있다는 것을 확인하는 것만으로도 정말로 마음의 큰 위안을 얻는다.

사연 없는 사람은 없다

수년 전 근무하던 회사 근처에 자주 눈에 띄는 남자 노숙자 한 분이 있었다. 회사 근처에 잠잘 곳을 마련해두신 건지 어떤 건지는 모르겠지만 일하다가 커피라도 사러 나오면 항상 눈에 띄는 분이셨다. 겉보기에는 사십 대가 훌쩍 넘어 보였지만 씻고 깔끔한 옷을 입으면 어쩌면 삼십 대일지도 모르겠다는 느낌이 드는 모습이었고, 무엇보다도 두 눈이 마치 대하드라마 주인공처럼 부리부리한 것이 인상적이었다. 그분은 사람이 옆에 지나가든 말든 혼잣말을 무척 자주 했었는데, 주로 뭔가 직장 상사에게 항변하는 듯한 말이 많았다.

"국장님! 그게 어째서 제 잘못입니까! 저는 실수를 하지 않았습니다!"

이 대사가 특히 기억에 남는데 국장님이라고 하니 어쩌면 방송국이나 신문사 같은 곳에서 일하셨던 분일지도 모르겠다(그 외에 국장이라는 직함이 존재하는 직장을 모른다).

그때까지만 해도 그냥 직장 생활을 하시던 분인가 보다 정도의 느낌이었다. 그러던 어느 날, 혹독한 일정을 소화해내느라 녹초가 된 상태로 밤 11시가 넘어서 회사를 나왔는데, 어둑어둑한 골목길 한가운데에 그분이 우두커니 서 있는 모습이 눈에 들어왔다. 미동도 하지 않고 계속 우뚝 서 있는 뒷모습이 눈길을 끌어서 나도 모르게 멈춰 섰는데 그 순간 그분이 노래를 부르기 시작했다. 그런데 그 목소리는 일반인의 목소리가 아닌 분명히 훈련을 받은 것이 틀림없는 성악가의 목소리였다. 깊고 진하게 울리는 목소리로 노래를 부르는 모습이 너무나도 인상적이었다.

겉모습은 풍화되어 이제는 빛나던 시절의 모습을 찾아볼 수 없지만, 닦아왔던 기예는 변색되지 않고 그대로 남아 빛바랜 몸으로 찬란한 목소리를 토해내는 모습이 너무나도 강렬해서 노래가 끝날 때까지 한 발자국도 움직일 수 없었다. 노래를 끝낸 그분은 뒤를 돌아 나를 바라보았는데 눈이 마주치는 순간 도

망치듯 빠른 걸음으로 골목길로 사라져버렸다. 그
순간 나도 모르게 '사연 없는 사람은 없다'라는 말이
머릿속에 떠올랐다. 사람의 몸에 쌓여 있는 세월과
사연의 깊이를 그토록 강렬하게 느껴본 적은 처음이
었다.

긴 시간 동안 사람을
만나지 않으면 생기는 일

나는 기본적으로 내향적인 성격이다. 그래서 사회생활을 하며 사람을 상대할 때마다 상당한 정신력을 소진한다. 주말이 되면 완전히 탈진하여 멍한 상태로 뻗어버리는 원인의 50퍼센트 정도는 아마도 직장에서 사람들을 상대하는 데 너무나도 많은 정신력을 소모하기 때문일 것이다.

그래서 한 수요일쯤 되면 일하는 중에 문득문득 '아아… 아무도 없는 곳에 혼자 있고 싶다' 하는 충동이 들곤 한다. 이런 얘기를 하면 저 사람은 혼자 살면서 혼자 일하는 게 어울리는 사람이라고 판단하기 쉽지만 아이러니하게도 그게 또 그렇지가 않다. 대인 관계를 유지하는 것은 피곤한 일이지만 너무 오랫동안 사람을 만나지 않으면 그건 또 그거 나름대로 괴롭기 때문이다.

과거 수년간 원룸에 혼자 박혀 사람을 거의 만나지

않으며 프리랜서로 살았던 적이 있다. 처음 한 주 두 주 정도는 그 조용하고 고요한 안락함이 좋았지만 그런 상태가 한 달 두 달 단위로 넘어가게 되면 심리적으로 변화가 생기기 시작한다. 물론 부정적인 변화이다. 어느 순간 문득 내가 외로워하고 있다는 것을 자각하게 되고 그 순간부터 그 외로움의 크기가 걷잡을 수 없이 커지기 시작한다.

비대해진 외로움은 감정 영역의 상당한 부분을 점유하고 자존감을 갉아먹는다. 스스로가 아무에게도 이해받지 못하고 존중받지 못하는 사람처럼 느껴진다. 그 상태에 빠지면 높은 확률로 우울감과 무기력함이 동반되고 공허해진 자존감을 채우기 위하여 반대로 자의식 과잉이 더욱 심해지기 시작한다. 이런 상태에 빠지면 어떻게든 마음의 공허함을 채우기 위해 자기도 모르게 SNS 같은 곳에 보통 상태였으면 쓰지 않았을 글이나 사진을 올리고, 나중엔 그걸 올렸다는 사실이 신경 쓰여 심리 상태는 더욱 악화된다.

회사에 다니기 시작하며 인간관계의 파도에 떠내려가지 않으려 버티다 보니, 어느새 저 상태는 자각하지 못하는 사이에 회복되었지만 돌이켜 생각해보면 장시간 동안 사람을 만나지 않았던 그 무렵의 나는 확실히 어딘가 병들고 쇠약해져 있었던 것 같다. 저 무렵의 일을 떠올려보면 나 스스로 내향적이고 어쩌고 말하고는 있지만 누군가 말했던 '인간은 사회적 동물이다'라는 개념의 틀을 어쨌든 전혀 벗어나지 못하고 있었음이 확실한 듯하다.

사회적 시선

우리 동네에는 '사자후' 아주머니가 있다. 성함이 사자후이신 건 아니고 내가 붙인 별명이다. 사자후 아주머니께서는 주로 토요일이나 일요일 아침에 쩌렁쩌렁 울리는 함성과 함께 등장하셔서 벽이 떨리는 착각이 들 정도의 큰소리로 이웃 주민들과 말다툼을 벌인다. 하지만 그렇게 목소리가 큼에도 불구하고 도대체 무슨 일 때문에 싸우는지는 알 수가 없다. 발음이 부정확한 데다, 말을 너무 빠르게 하셔서 한 마디도 알아들을 수가 없기 때문이다. 그런 식별하기 어려운 발음임에도 불구하고 압도적인 성량 때문에 말로 하는 전투에서는 절대적인 위력을 발휘한다. 상대방이 뭐라고 항변하려 해도 사자후에 묻혀 말을 끝까지 잇지 못한다. 아니 어쩌면 끝까지 이어갔을지도 모르겠지만 어쨌든 전혀 들리지 않는다.

간혹 2 대 1이나 3 대 1로 싸우실 때도 있는데 그런 상황에서도 전혀 밀리는 법이 없다. 누가, 어느 타이 밍에, 무슨 말을 하더라도 모두 다 사자후의 쩌렁쩌 렁한 울림에 묻혀버리기 때문이다. 나는 주중에 쌓인 피로 때문에 주말 아침에는 항상 늦잠을 자곤 하는데 사자후 아주머니가 등장하신 이후부터는 늦잠을 잘 수 없었다. 주말 아침마다 다투는 소리에 일찍 깨다 보니 귀는 귀대로 아프고 잠은 잠대로 부족해져서 꽤 스트레스가 쌓였다. 항의하러 갈까 하는 충동이 종종 들었지만 결국 발이 움직인 적은 한 번도 없었다. 산전수전 다 겪으신 동네 토박이 중년분들도 속수무책으로 당하시는데 겨우 나 따위가 가서 어떻게 할 수 있을 리가 없었기 때문이다.

그러던 어느 날.

그날도 영혼을 울리는 사자후 때문에 일찍 눈이 떠졌다. 말다툼의 양상은 여느 때와 다름없이 사자후 아주머니의 압도적인 승리로 이어지고 있었다. 하지만 그 순간, 동네 말다툼의 역사를 뒤집는 결정적인 대사 한마디가 꽂혔다. 그 결정적인 대사는,

"으이그, 아줌마. 동네에서 아줌마보고 다들 뭐라 하는지 알아요?"

그 말이 꽂힌 후 사자후 아주머니는 크게 동요했다. 공세를 멈추고 사람들한테 나보고 뭐라 하느냐고 따져 묻기 시작했다. 하지만 사람들은 "됐어요"라고 말하며 혀만 찰 뿐, 아무도 정확한 대답을 하지 않았다. 거의 울부짖는 듯한 목소리로 따져 묻던 사자후 아주머니는 결국 울음을 터트리고 말았다. 무패를 자랑하던 사자후 아주머니가 무너지는 순간이었다. 그 사건 이후로는 주말이 되어도 사자후 아주머니의 목소리를 들을 수 없었다. 마음의 상처를 받아 위축되신 건지 이사를 하신 건지 아니면 설욕을 위해 폐관 수련에 들어가신 건지는 알 수 없었지만, 어쨌든 그 사건 이후로는 단 한 번도 나타나신 적이 없다. 그 누구도 대적할 수 없었던 압도적인 힘을 가진 절대강자가 단지 그 말 한마디에 무너져 자취를 감추게 되다니. 사회적 시선이라는 게 이렇게 무서운 거구나 싶은 큰 깨달음을 얻은 순간이었다.

끝까지 듣는 단계

나와 의견이 다른 상대의 말을
어떤 자세로 듣는지는
사회성 레벨을 알 수 있는
아주 좋은 척도이다.

나는 어떻게든
중간에 말을 끊지 않고 끝까지 듣는다.
레벨을 클리어할 수 있는 자세를
유지하기 위해 최대한 노력하고 있다.

전단지 수령 여부

번화가를 걷다 보면 전단지를 나눠주는 분들을 많이 만난다. 의도적으로 그런 분들만 뽑는 것인지는 모르겠는데 대부분 나이가 많으신 여자분들이라서 칼바람이 쌩쌩 부는 겨울날 마주치면 얼마나 힘드실까 싶어서 귀찮아도 항상 받아 가게 된다.

몇 년 전 직장 동료분과 길을 걷다가 전단지 아주머니를 마주치게 되었다. 나는 언제나처럼 전단지를 영혼 없이 받아서 주머니에 구겨 넣었는데 동료분은 거절 의사를 표현하시면서 받지 않았다. 정중하게 예의를 갖추었지만 단호하게 거절 의사를 보이시는 모습이 대단히 인상적이라 나는 전단지를 받지 않는 이유가 특별히 있느냐고 여쭤보았다.

동료분은 전단지를 직접 손으로 받으라고 권하는 행위가 소비자에게 자발적인 노력을 강요하여 광고를 강제로 보게 하려는 느낌이 드는데 그게 불합리

하다고 느껴지기 때문이라고 하셨다. 동료분은 곧바로 나에게 홍환 씨는 굳이 전단지를 다 받으시는 이유가 있느냐고 되물으셨다. 나는 전단지를 받는 행위 자체의 의미야 어찌 되었든 당장 저렇게 고생하는 분을 눈앞에 두게 되니 조금이라도 빨리 일을 끝낼 수 있게 도와드리고 싶어져서라고 대답하였다.

그렇게 한마디씩만 주고받고 그 일에 대해서는 더 이상 얘기하지 않았다. 그런데 그 일이 있고 난 뒤 동료분이 하신 말씀이 자꾸만 머리에 맴돌았다. 소비자가 귀찮음을 감수하고 능동적인 노력을 하여 강제로 광고를 보게 만드는 행위가 불합리하다는 생각이 자꾸만 들었다. 그래서 조금씩 전단지 수령을 거부하게 되었고 얼마 안 있어서 정중하게 거절하며 전단지를 완전히 받지 않게 되었다.

그로부터 몇 달이 지나서 예전 그 동료분이랑 또다시 길을 걷게 되었다. 어김없이 전단지를 나눠주시는 분이 오셔서 광고지를 내밀길래 나는 최대한 예의를 갖추어 거절하며 전단지를 받지 않았다. 그런데 그 동료분은 아무 말 없이 광고지를 받으시는 것 아닌가. 나는 예전에 나누었던 대화 내용을 언급하며 그때는 이러이러한 이유로 받지 않는다고 말씀하신 걸로 기억하는데 왜 오늘은 받으시는 거냐고 물어보았다. 동료분은 예전에 홍환 씨가 얘기했던 부분이 일리가 있는 듯하여 그때부터 전단지를 계속 받아오고 있다고 하셨다. 그러는 홍환 씨는 왜 안 받으시냐고 묻길래, 똑같이 동료분의 말을 듣고 일리가 있는 듯하여 그때부터 전단지를 받지 않고 있다고 대답하였다. 그 상황이 재미있어서 잠시 웃었다. 그 순간 이 사람과는 친구가 될 수 있을 것 같다는 예감이 들었다. 예상대로 그분은 퇴사하는 순간까지 회사에서 나와 아주 친한 동료 중 한 사람이 되었다.

따뜻한 인격의 토양

타인에게 관심을
가질 수 있는 토양에서
따뜻한 인격이 자란다.

장갑 요정의 가호

나는 좀처럼 물건을 분실하는 경우가 없다. 만약 그
것이 몸에 착용하는 물건이라면 더욱 그렇다. 하지
만 그런 나에게도 예외가 있다. 바로 장갑이다. 주
로 잠깐 벗어둔 사이에 잃어버린다. 버스에 앉아서
무릎에 올려둔 가방 위에 얹어두었다가 그대로 벌
떡 일어나서 내린다거나, 걷다가 잠깐 벗을 일이 생
겨서 팔꿈치 옆에 끼워두었다가 그 자리에 떨어트리
고 가는 식이다. 어째서인지 모르겠지만 장갑을 벗
는 순간 장갑에 대한 인지가 사라져버린다. 그래서
매년 겨울이 올 때마다 연례행사처럼 새 장갑을 산
다. '아아~ 이번에도 또 잃어버리고 말겠지' 하는 슬
픈 마음으로 산다.

최근 날씨가 추워져 장갑을 끼기 시작했다. 올해는 진
짜 잃어버리지 말아야지 하는 마음으로 주의를 기울
였다. 하지만 며칠 후 당연하다는 듯이 분실할 위기

에 처했다. 분실했다가 아니라 분실할 위기에 처했다고 한 것은 어쨌든 분실하지 않았기 때문이다.

그날 출근길 버스를 기다리고 있는데 나와 비슷한 또래로 보이는 남자분이 떨어트리셨다며 장갑을 건네주셨다. 스마트폰을 확인하려고 잠깐 벗어 팔꿈치에 끼고 있다가 그대로 떨어트린 것이다. 나는 고개를 숙여 감사를 표하며 장갑을 받았다. 그리고 무사히 버스를 탄 후 목적지에 도착해서 내리는데, 중년의 어르신이 달려오셔서 떨어트린 물건이라며 장갑을 건네주셨다. 가방 위에 올려놨다가 그대로 벌떡 일어나버리는 1번 패턴을 저질렀던 것이다. 이번에도 감사 인사를 하며 공손히 장갑을 받았다. 그리고 사무실에 들어가기 전 카페에 들러 커피를 사서 나오는데 젊은 아가씨 한 분이 어깨를 톡톡 두드리고는 떨어트리셨다며 장갑을 건네주셨다. 출근길에 벌써 세 번이나 떨어트렸고 세 번 다 근처에 있던 분들이 주워주신 것이다.

이쯤되니 혹시 장갑의 요정이 나를 지켜주고 있는 것은 아닌가 하는 생각이 들었다. 감사함을 느끼며 도와주신 분들의 노력이 헛되지 않게 올해는 정신 바짝 차리고 장갑을 지켜내겠다고 그날 결심했다.

출근길에 세 번이나 잃어버릴 뻔한 사람이 이런 얘기해봤자 아무런 설득력이 없겠지만 어쨌든 그렇게 결심했다. 다행히 아직까지는 잃어버리지 않았다.

만남에 필요한 에너지

사람을 만나는 데에는 에너지가 소비된다. 상대방의
감정 상태를 체크하면서 대화를 끊기지 않게 이어나
가는 것은 생각보다 대단히 힘들고 에너지가 많이
소비되는 일이다.

주변을 살펴보면 외로움을 많이 타서 사람 만나는
것을 좋아하지만, 만날 때 소비되는 에너지의 양이
너무 크고 그 과정에서 스트레스가 발생하기 때문에
약속을 선뜻 잡지 못하는 사람들이 종종 보인다. 나
도 어느 정도 그런 축에 속하는 사람이라 몹시 공감
이 간다.

만남에 소비되는 에너지의 양은 상대방과의 관계가
멀수록 많이 들고 반대로 관계가 가까워지면 가까워
질수록 줄어든다. 상대방과의 거리를 점점 좁혀나가
다 보면 어느 순간, 이 만남에 소비되는 에너지의 양
이 거의 0에 가까워지는 경우가 있다. 단둘이 같은

공간에 있으면서 아무런 대화도 하지 않는데 전혀 어색함이 느껴지지 않는다면 그런 상태에 도달했다고 간주해도 무방하다. 이 정도까지 관계를 좁힌 사람과 만날 때의 가장 큰 장점은 외로움을 아무런 노력 없이 상쇄할 수 있다는 점이다. 아무런 노력을 안 해도 대화가 자연스럽게 이어지고, 설령 대화가 끊겨도 전혀 어색하지 않기 때문이다.

누군가에게는 가족이,
누군가에게는 연인이,
누군가에게는 친구가,

그런 사람일 것이다. 누가 됐든 좋으니까 주변을 둘러봤을 때 그런 사람이 한 명이라도 있다면 감사함을 느끼고 그 관계를 정성을 들여 유지해나가는 게 좋다. 만약 한 명도 없다면 최선을 다해서 한 명쯤은 만드는 게 좋다고 생각한다. 그런 사람 하나 없이 살아가기에 이 사회는 너무 춥고 괴롭고 외로운 곳이기 때문이다.

정신 방전

생계유지를 위해 사회생활을 하다 보면 대부분 어쩔 수 없이 무리를 해야 하는 상황이 발생한다. 극도의 스트레스를 주는 사람과 장기간 협업을 한다거나 하루에 서너 시간씩 자면서 평일 야근, 주말 출근을 병행한다거나 급박한 마감을 쳐내느라 50시간 이상을 각성 상태로 일한다거나 하는 식으로 말이다. 보통 이런 폭풍을 한차례 맞고 나면 육체도 정신도 너덜너덜해지고 만다. 몰아닥친 폭풍을 간신히 받아넘기고 20시간 동안 시체처럼 자고 일어난 뒤 온몸을 두들겨 맞은 것 같은 전신 관절의 통증을 느끼면서 퀭한 눈으로 오래간만의 휴일 아침을 맞이한 경험을 해본 사람이 결코 나 하나뿐이진 않을 것이다(아침이 아니라 점심이나 저녁을 맞이하는 경우도 있다).

이런 폭풍 후 탈진 상태가 되었을 때 가장 힘든 것 중 하나가 평소에 즐기던 정신 활동을 하지 못한다는 것이다. 잠은 충분히 자고 일어나 육체의 피로는 해소되었을지 몰라도 뇌가 시뻘겋게 익은 것 같은 착각이 들 정도로 혹사당한 정신은 좀처럼 회복되지 않아서 게임을 한다거나, 영화를 본다거나, 책을 읽는다거나 하는 정신력을 소진하는 일을 할 수가 없다. 하고 싶은 욕구는 있는데 정신이 너무나도 피로하여 시작할 의욕이 생기질 않는다. 그것이 평소 아주 좋아하던 활동임에도 불구하고 말이다.

이럴 때는 그냥 어쩔 수 없이 멍하니 앉아 있을 수밖에 없다. 마음과 정신이 다시 균형을 찾을 때까지 기다린다. 하지만 그런 '멍 때리는' 과정이 마냥 마음이 편하냐고 하면 또 그렇지도 않다. 보통 주어진 휴식 시간은 한정되어 있기 때문에 이것도 하고 저것도 하고 싶은 의욕이 생기지 않는다는 게 억울하고 분하고 불안하다.

이게 이십 대 때까지만 해도 심하지 않아서 마감을 하고 난 다음 날에도 바로 벌떡 일어나 게임을 하든 소설을 읽든 즐거운 일을 했었는데 삼십 대에 들어서면서부터 힘들어지기 시작하더니 요즘 들어서는 폭풍 후 정신력 고갈 현상이 확연하게 심해졌다. 물론 그냥 아무것도 안 하고 쉬면 다시 원상 복귀되긴 하는데 이런 경험을 할 때마다 뭔가 정신과 마음에 아주 좋지 못한 영향을 끼치는 게 아닌가 하는 생각을 떨칠 수가 없다.

육신이든 마음이든 정신이든 체계적인 단련이 그것을 더 강하게 만들어주는 것은 맞지만 적당한 단련이 아니라 극도로 혹사시키는 경험은 체력의 총량을 오히려 갉아먹고 심한 경우에는 죽음에 이르게 만들기도 하는 게 아닌가 싶다(요절하는 인기 작가님들의 부고를 들을 때마다 그런 생각이 든다).

나는 이십 대 때까지만 해도 마치 내일이 없을 것처럼 자신이 가진 모든 재능을 순간적으로 폭발시키듯 터트려내며 활활 불타듯 빛나게 사는 초신성 같은 분들을 동경했다. 하지만 지금은 그쪽보다는 느리지만 꾸준히 자신의 시간을 차분하게 쌓아나가는 쪽이 훨씬 더 훌륭한 삶의 방식이 아닌가 하는 생각이 든다. 그래서 앞으로 가급적이면 저런 정신 고갈 상태를 불러오는 상황은 최대한 피할 생각이다. 물론 어쩔 수 없이 피할 수 없는 상황이 분명 올 테지만 그래도 최대한 피하면서 살아볼 생각이다.

나를 기억하는 곳

"네가 나무들을 기억하는 곳이 아니라
나무들이 너를 기억하는 곳이 고향이다"

이 속담을 곱씹고 있으면 고통과 상처로 얼룩져 한
없이 보잘것없이 쓰러져 있던 그곳이 아니라 내가
넘어졌을 때 기꺼이 손을 내밀어주었던 사람들이 모
여 있는 이곳이 내 고향이라고 말할 수 있는 용기가
생긴다.

마치며

불안으로 가득 찬 무거운 마음을 안고 긴 시간을 지나왔다. 어느 한 걸음도 위태롭지 않은 때가 없었다. 그러고 싶지 않았지만 매 순간을 엉망진창으로 걸었다. 그러다 어느 날 문득 뒤를 돌아보니 내 뒤에는 몹시도 긴 족적이 남아 있었다. 그 족적은 가늘지만 단 한 번도 끊어지지 않고 이어진 선명한 선이었다. 분명하게 이어져 미약하게 빛나는 그 선은 비록 가느다랗고 보잘것없지만, 나에게는 너무나 소중해서 바라보는 것만으로도 마음이 벅차오르고 눈물이 맺히는 특별한 '연속'이었다.

사십 대를 바라보는 지금도 나는 여전히 불안을 안고 휘청거리며 걷고 있다. 하지만 지금은 그때와 다르다. 아직도 가야 할 길이 까마득하지만 그때처럼 막연하지 않다. 마음을 다치지 않을 수 있는 나름의 요령도, 사랑하는 사람들도 곁에 있기 때문이다. 마

음이 힘들고, 지친 분들에게 그저 '이런 사람도 있습
니다'라고 알려드리고 싶었다. 이런 사람도 존재하고
있다고. 미약하지만 특별한 연속을 지속하고 있다고.

특별하지 않아도 괜찮습니다.

홍환 드림.